WASCHBÄR-WIRRWARR

MISS DOLITTLES GEHEIMNIS
BAND 7

MOLLY FITZ

KATZENGEHEIMNISSE

© 2022, Molly Fitz

Abgesehen von den im U.S. Copyright Act von 1976 vorgesehenen Ausnahmen darf diese Publikation weder als Ganzes noch in Auszügen in irgendeiner Form oder auf irgendeine Weise ohne vorherige, schriftliche Genehmigung des Herausgebers reproduziert, verteilt, übertragen oder in einer Datenbank oder einem Abfragesysteme gespeichert werden.

Übersetzung ins Deutsche: Ursula Mirwald
Korrektorat Deutsch: Gerd Schäfer
Cover-Designer: Lou Harper, Cover Affairs

Dieses Buch ist ein fiktives Werk. Namen, Personen, Organisationen, Orte, Ereignisse und Begebenheiten entstammen der Fantasie des Autors oder werden fiktiv verwendet. Jede Ähnlichkeit mit tatsächlichen lebenden oder verstorbenen Personen oder tatsächlichen Ereignissen ist rein zufällig.

Dieses Werkes darf ohne schriftliche Genehmigung des Herausgebers weder als Ganzes noch in Auszügen in irgendeiner Form oder mit irgendwelchen Mitteln, sei es elektronisch, mechanisch, durch Fotokopie, Aufzeichnung oder auf andere Weise, reproduziert oder in einem Datenbanksystem gespeichert werden.

Katzengeheimnisse
PO Box 873543
Wasilla, AK 99687

Bitte kaufen Sie nur autorisierte elektronische Exemplare und beteiligen Sie sich nicht an oder fördern Sie nicht die elektronische Piraterie urheberrechtlich geschützter Materialien

ÜBER DIESES BUCH

Ist dieser neugierige Waschbär ein Dieb oder ein Detektiv?

Eigentlich schien mein Leben in letzter Zeit ziemlich perfekt zu sein – tolles Haus, toller Job als meine eigene Chefin, toller neuer Freund und die beste sprechende Katze der Welt. Aber wie sich herausstellt, hatte ich mich zu früh gefreut …

Obwohl meine Privatdetektei brandneu ist, habe ich bereits ziemlich unangenehme Konkurrenz bekommen und zwar von dem Waschbär, der unter meiner Veranda lebt. Dieser ist jedoch ein Langfinger, und ich habe keinen Zweifel daran, dass er seine Kunden ausnimmt, denn meine bestiehlt er auch.

Anfangs fand ich es nur ärgerlich, doch die Lage spitzt sich zu, als er etwas von meinem Dachboden entwendet, das ein düsteres Geheimnis birgt und meine geliebte Großmutter in schreckliche Probleme stürzt. Ich muss der Sache auf den Grund gehen, aber das wird nicht einfach, denn die Person, um die sich alles dreht, lebt mit uns im Haus.

Kann ich diesem zwielichtigen Waschbär etwas so Wichtiges anvertrauen? Leider scheine ich keine andere Wahl zu haben.

ANMERKUNG DER AUTORIN

Hallo. Danke, dass du dieses Buch gekauft hast. Wenn du ebenfalls ein großer Fan von spannenden, schrägen Tierkrimis bist, sollten wir unbedingt Freunde werden.

Wie wäre es, wenn du direkt einmal meine Facebook-Seite besuchst, die ich speziell für meine treuen deutschen Leser eingerichtet habe? Hier der Link dazu: **Facebook.com/Katzengeheimnisse**

Oder melde dich für meinen Newsletter an und sichere dir als Abonnent gratis ein digitales Geschenkpaket, einschließlich einer exklusiven Kurzgeschichte über Octocat: **Katzengeheimnisse.com/Abonnieren**

Ich bin sicher, wir werden eine Menge

Spaß miteinander haben. Also schnell umblättern ...

Wir sehen uns dann auf der nächsten Seite.

MOLLY

1

Hey, mein Name ist Angie Russo, und ich bin Co-Inhaberin einer Privatdetektei hier im schönen Blueberry Bay an der amerikanischen Ostküste im US-Bundestaat Maine.

Mein Geschäftspartner, dem die andere Hälfte der Firma gehört, ist mein Kater Octavius – kurz Octocat genannt. Sein voller Name ist nahezu unaussprechlich lang, und er denkt sich immer wieder neue Titel aus, die er hintendran setzt. Die neueste Version lautet: Octavius Maxwell Ricardo Edmund Frederick, Freiherr von Fulton-Russo – Privatdetektiv.

Ein Zungenbrecher, ich weiß.

Und er ist obendrein auch ziemlich anstrengend und verwöhnt.

Trotzdem ist er zweifellos mein bester Freund,

auch wenn er es immer wieder schafft, mir das Leben schwer zu machen. Er wurde beispielsweise schon einmal entführt, musste vor Gericht erscheinen und hat sogar mehrfach gedroht, unseren neuen Hund zu killen.

Unglaublicherweise sind all diese Dinge innerhalb nur eines Monats passiert.

Aber so läuft das eben, wenn man mit Octocat zusammenlebt.

Ob es einem gefällt oder nicht, es lässt sich nicht leugnen, dass er eine echte Persönlichkeit ist.

Und ein wahrer Sturkopf obendrein. Doch zum Glück hat er nicht zu allen Dingen eine festgefahrene Meinung – bisweilen ändert er sie sogar.

Etwa, was den neuen Hund betrifft, den wir adoptiert haben, ein süßes Chihuahua-Mädel namens Paisley. Sie mochte ihn von Anfang an, aber Octocat brauchte deutlich länger, um mit ihr warm zu werden. Tatsächlich sind die beiden inzwischen dicke Freunde geworden, und das erfüllt mich mit Stolz und Freude. Eine der Lieblingsbeschäftigungen meines Stubentigers ist es, sich an „seinen" Hund heranzupirschen, ihn anzuspringen und zu Boden zu werfen.

Ja, sein Hund. Das Blatt hat sich in den letzten Wochen komplett gewendet.

Wir drei wohnen unter einem Dach mit meiner Großmutter. Obwohl „Grandma" diejenige ist, die mich hauptsächlich großgezogen hat, lebt sie in meinem Haus.

Und eigentlich gehört unsere Hütte meinem Kater.

Ja, das stimmt wirklich, denn Octocat besitzt einen nicht unerheblichen Treuhandfonds, und daraus erhalte ich jeden Monat eine äußerst großzügige Summe für seine Versorgung, mit der ich auch die Hypothek für unsere exklusive Villa bezahlen kann.

Es ist schon eine etwas merkwürdige Konstellation, das gebe ich zu. Aber hey, wenn das Leben dir Zitronenlimonade schenkt, solltest du sie am besten trinken und genießen!

Apropos, ich bin jetzt seit etwa sieben Wochen mit meinem Traumtyp zusammen. Sein Name ist Charles Longfellow, und er ist aus gutem Grund der Mann meiner Träume. Nicht nur, weil er ein super Anwalt ist und mittlerweile die Kanzlei, in der ich früher gearbeitet habe, alleine führt, sondern auch, weil er unglaublich klug, nett, aufmerksam, gut aussehend und – okay, ich gebe es gerne zu – sexy ist.

Wir haben zwar noch nicht …

Aber lassen wir das.

Übrigens kann ich mit meiner Katze sprechen. Ich schätze, das hätte ich bereits erwähnen sollen, denn es ist so ziemlich das Außergewöhnlichste an mir.

Auch mit dem Hund und mit den meisten anderen Tieren kann ich mich unterhalten.

Wie das möglich ist? Kurz gesagt: Ich wurde bei einer Testamentseröffnung durch einen Stromschlag von einer Kaffeemaschine ausgeknockt, und während ich wieder zu mir kam, hörte ich, wie Octocat sich über mich lustig machte. Als er merkte, dass ich ihn verstehen konnte, beauftragte er mich, den Mord an seiner verstorbenen Besitzerin aufzuklären, und der Rest ist Geschichte.

Nach dieser Sache wurden uns zwei Dinge klar: Erstens, dass wir ein wirklich gutes Team beim Lösen von Verbrechen sind, und zweitens, dass wir nach diesem Wink des Schicksals zusammenbleiben sollten, auf Gedeih und Verderb. In der Regel verstehen wir uns recht gut, aber gelegentlich kriegt er noch seine Wutanfälle – ich aber ebenfalls.

Und das bringt mich zum heutigen Tag.

Die offizielle Eröffnung unserer Detektei liegt nun genau zwei Monate zurück, und in dieser Zeit hatten wir genau null Kunden. Es sieht düster aus;

das findet selbst meine ansonsten sehr optimistische Großmutter.

Niemand will uns beauftragen, und ich bin mir nicht sicher, warum.

Viele Leute in der Stadt kennen und mögen mich, und sie wissen nicht, dass ich tatsächlich mit Tieren sprechen kann. Sie halten die Tatsache, dass ich meinen Kater als meinen Geschäftspartner ausgebe, nur für eine Werbemasche. Und ehrlich gesagt, ist mir das auch lieber so.

Langsam fange ich jedoch an, mir Sorgen zu machen, dass unsere Firma nie ans Laufen kommt.

Wie viel Zeit sollte man sich als Unternehmensgründer geben, bis man sein Vorhaben wieder aufgibt?

Octocat scheint ziemlich glücklich damit zu sein, die meiste Zeit des Tages in der Sonne zu dösen, ich jedoch fühle mich im Moment total unausgefüllt. Ich habe kürzlich sogar meinen Job als Anwaltsgehilfin gekündigt, um genug Zeit für die ganze Ermittlungsarbeit zu haben, und war davon überzeugt, dass man mir sofort die Tür einrennen würde.

Tja, da lag ich wohl grandios daneben.

Ich muss mir etwas einfallen lassen, und zwar schnell, wenn ich meine Firma über Wasser halten will. Doch wie kann ich meinem Instinkt noch vertrauen, wenn er mich vorher so dermaßen auf die falsche Fährte gelockt hat?

Ich kann nur hoffen, dass Octocat eine gute Idee hat, die uns weiterbringt ...

Es war Mittwochmorgen, und ich hatte den größten Teil der letzten zwei Tage damit verbracht, Werbeflyer an jeden Menschen, jedes Geschäft und jedes Tier zu verteilen, die sich bereit zeigten, einen anzunehmen. Aus lauter Verzweiflung hatte ich sogar Parkplätze aufgesucht und die bunten Handzettel, die meine Dienstleistungen und Erfahrung anpriesen, unter die Scheibenwischer aller Autos gesteckt.

Trotzdem hatte sich noch niemand gemeldet, um mich mit einem Fall zu beauftragen.

Nicht ein einziger.

Grandma hatte das Haus früh verlassen, um ehrenamtlich in der Stadt Müll aufzusammeln. Obwohl auch das Tierheim Hilfe von Freiwilligen gut gebrauchen konnte, hatte sie mir zugestimmt, dass es nicht der beste Ort für sie war, um sich zu engagieren, da sie sonst womöglich fast jeden Hund und jede Katze dort adoptieren würde – sie hatte einfach ein sehr großes Herz.

Unser Haus war schon voll genug, das wussten wir beide.

Ich saß in unserem Esszimmer und nippte an einer Dose Cola Light. Kaffeemaschinen konnte ich aus Angst vor einem erneuten Stromschlag immer noch nicht anrühren, und Tee schmeckte mir ohne Grandmas Gesellschaft nicht richtig.

Paisley und Octocat hüpften durchs Haus und spielten Fangen, während ich mir darüber den Kopf zerbrach, wie wir an Kunden kommen könnten.

Die elektronische Katzenklappe surrte, und beide Tiere rannten nach draußen.

Lächelnd sah ich zu, wie sie im Zickzack durch den Garten düsten. Der Herbst hatte seinen Höhepunkt bereits überschritten, und die meisten bunten Blätter waren inzwischen von den Bäumen gefallen. Ich tat mein Bestes, um mit dem Zusammenrechen des Laubs hinterherzukommen, was sich als keine leichte Aufgabe erwies, denn mein Grundstück wurde auf zwei Seiten von einem riesigen Wald flankiert.

Ständig wehte das lose Blattwerk in unseren Garten.

Wie jetzt gerade.

Ich seufzte, als eine heftige Windböe durch die Bäume fegte und mindestens fünf Säcke Laub in unseren Vorgarten beförderte. Blätter in allen Farben bedeckten den leicht ausgebleichten Rasen – rote, gelbe, grüne … türkise?

„Mami! Mami!", rief Paisley von draußen, und ich flitzte los. Unser süßes, unschuldiges Chihuahua-Mädchen ließ sich zwar leicht aus der Ruhe bringen, aber durch ihre geringe Größe, war sie auch ein leichtes Opfer. Ihre Sicherheit war für mich das oberste Gebot, da ging ich kein Risiko ein, und Grandma und Octocat auch nicht.

Einer von uns begleitete sie immer, wenn sie die Welt draußen erkundete.

Und obwohl ich wusste, dass sich Octocat mit ihr im Garten befand, musste ich mich vergewissern, dass nichts Schlimmes passiert war, das sie erschreckt hatte.

Die beiden warteten schon auf der Veranda auf mich. Paisley trug ein türkisfarbenes Stück Papier im Maul.

„Was ist das?", wollte ich wissen und nahm es ihr ab.

„Es ist einer deiner Zettel, Mami!", rief die kleine Hündin stolz.

Ich blickte auf den Flyer in meinen Händen und dann im Garten umher, wo sich Dutzende, vielleicht sogar Hunderte weitere unter das herbstliche Laub gemischt hatten.

Sie hatte recht. Das war einer meiner Handzettel mit der Werbung für unsere Privatdetektei, die ich in den letzten Tagen so mühselig verteilt hatte. Jedes einzelne Exemplar, das Grandma für uns gedruckt hatte, hatte ich unter die Leute gebracht.

Und jetzt tauchten sie alle bei mir zu Hause wieder auf, als wären sie mir gefolgt.

Wie konnte das sein?

Da vernahm ich ein hohes Gekicher, das unter der Veranda hervordrang, und mir schwante Böses.

„Pringle!", schrie ich und stampfte so fest ich konnte mit den Füßen auf, um den Waschbären aus seinem Versteck zu treiben.

Ich wusste, dass er wütend auf mich war, seit ich ihm verboten hatte, das Haus zu betreten, aber mein Geschäft zu sabotieren? Nicht zu fassen!

2

„Pringle! Komm raus!", brüllte ich und trat so fest auf den Boden der Veranda, dass mir durch den Aufprall Fuß und Wade schmerzten. Eigentlich versuchte ich immer, die Tiere, die Teil meiner Welt geworden waren, fair zu behandeln und sie in ihrer Einzigartigkeit zu akzeptieren, was mir die meiste Zeit nicht schwerfiel ...

Aber dieser spezielle Waschbär trieb mich geradewegs in den Wahnsinn.

Er schien sich unter der Veranda immer noch kaputtzulachen, machte jedoch keine Anstalten, sich zu zeigen. Ich war drauf und dran, das Loch, das er als Eingang benutzte, zu erweiterten, um selbst darunter zu klettern, doch schließlich kam mir Octocat gnädigerweise zu Hilfe.

„Angela, so funktioniert das nicht." Er stolzierte an der Kante der Veranda entlang, wobei er Nase und Schwanz gen Himmel reckte. Was auch immer er vorschlagen wollte, er war offensichtlich sehr stolz darauf.

Ich hörte auf zu stampfen, stemmte eine Hand in die Hüfte und wartete mit fragendem Blick darauf, dass mein Kater mich aufklärte.

„Paisley, bleib", wies er den Chihuahua an, sprang die Treppe hinunter und näherte sich dem Eingang zur Waschbärbehausung. „Sir Pringle, würdest du uns freundlicherweise die besondere Ehre deiner Anwesenheit erweisen?"

Ich hörte den Waschbären, bevor ich ihn sah. „Stets zu Diensten, lieber Octavius."

Dann spähte ich über das Geländer nach unten und sah, wie er eine tiefe Verbeugung vor dem Kater vollführte. Warum auch immer, er vergötterte den Tiger. Zumindest war das seine Ausrede dafür, dass er zahlreiche Sachen von Octocat geklaut hatte. Warum der Waschbär mitunter dieses ritterliche Gehabe an den Tag legte, blieb mir ein Rätsel, aber er hatte eindeutig Spaß an diesem Mittelaltertheater.

Normalerweise würde ich mitziehen, aber heute war ich zu wütend, um mich seinen ständig wechselnden Spielregeln zu unterwerfen.

„Was ist das?", rief ich und wedelte mit dem farbigen Flugblatt in der Luft.

Pringle fletschte verärgert die Zähne. „Ich bin nicht dein Knecht, weißt du."

Daraufhin fletschte auch ich ihn an und konnte gerade noch einen gereizten Aufschrei unterdrücken. Ich würde diesem kleinen Langfinger natürlich niemals ein Haar krümmen, hoffte jedoch, dass meine Drohung Wirkung zeigen würde.

„Bitte, beantworte die Frage der holden Maid", mischte sich Octocat wieder ein. O Mann. Ich musste unbedingt den Fantasy-Fernsehsender sperren, den er sich in meiner Abwesenheit ansah. Auch wenn er mir wohl nur helfen wollte, dröhnte mir schon der Kopf von diesem ganzen Tamtam.

Der Waschbär rannte die Verandastufen hinauf, kletterte am Geländer hoch und riss mir das Papier aus den Händen. „Das ist meins", informierte er mich, klemmte es sich unter den Arm, und im nächsten Moment war er schon wieder unten an der Treppe, außerhalb meiner Reichweite.

Ich stemmte die Hände in die Hüften und starrte ihn aus zusammengekniffenen Augen an. „Eigentlich ist es meins."

„Wer's findet, dem gehört's." Ein hämisches

Grinsen huschte über sein Gesicht, und das ärgerte mich noch viel mehr als die Aggro-Nummer eben.

„Was? Geht's noch?", rief ich. Auch wenn ich mir sicher war, dass Pringle mich ebenso wenig wie ich ihn körperlich angreifen würde, hatte er mich doch emotional ziemlich verletzt.

„Mami, soll ich den großen bösen Waschbären verjagen?" Paisley wedelte aufgeregt mit dem Schwanz und ließ den kleinen Gangster dabei keine Sekunde aus den Augen.

„Oh nein, Süße, das ist ..." Mir blieben die Worte im Hals stecken, als ich sah, wie Pringle sich auf die vom Wind verstreuten Flyer stürzte und alle wieder einsammelte.

„Eigentlich", sagte ich, „eine gute Idee. Gib Gas!"

Die kleine, dreifarbige Hündin startete durch und bellte aus vollem Halse. „He, du! Niemand legt sich mit meiner Mami an!"

Pringle ließ sich auf alle Viere sinken und schüttelte den Kopf. „Ruf deinen Fiffi zurück. Lass uns das doch auf zivilisierte Weise klären, sofern dir das überhaupt möglich ist."

Paisley lief in einem großen Bogen übers Grundstück und kehrte dann an meine Seite zurück. „Er ist immer noch da", jammerte sie, doch schon erhellte sich ihre Miene wieder. „Soll ich es noch einmal versuchen, Mami?"

Lächelnd beugte ich mich zu ihr hinunter, um ihr seidiges Fell zu streicheln. „Das hast du toll gemacht. Danke." Ich stand auf und ging direkt zu Pringle hinüber. „Okay, dann erzähl mal. Warum hast du meine ganzen Flyer mitgenommen?"

„Sie sind hübsch", erklärte er und drückte den zerfledderten Stapel an seine Brust. „Ich mag hübsche Dinge."

„Aber die hast du doch nicht von hier. Ich hatte sie überall in der Stadt verteilt. Wie bist du darangekommen?"

Er zuckte mit den Schultern. „Ich hatte eine Mitfahrgelegenheit. Weißt du, gelegentlich möchte ich auch ein kleines Abenteuer erleben. Es wäre schön, wenn mich mal jemand dazu einladen würde, aber da du das nicht machst ..." Er zuckte wieder mit den Schultern. Wenn ich mich nicht täuschte, standen ihm die Tränen in seinen schwarzen Kulleraugen. Seltsam, dass mir meine tierischen Freunde manchmal menschlicher vorkamen als die Menschen in meinem Leben.

„Es tut mir leid, wenn ich deine Gefühle verletzt habe." Ich ging in die Hocke und sah ihn direkt an. „Ich wusste nicht, dass du mitkommen wolltest."

„Natürlich wollte ich das!", rief er. „Stell dir vor, auch Waldtiere mögen Abenteuer."

Ich verkniff mir zu entgegnen, dass es nicht gerade ein Abenteuer ist, Flyer zu verteilen und um Arbeit zu betteln. „Pass auf, das nächste Mal frage ich dich, ob du dabei sein willst. Abgemacht?" Sofern ich mich bis dahin wieder beruhigt habe, denn wie es aussah, hatte er anderthalb Tage harter Arbeit zunichtegemacht. Dabei hätte ich ihm doch gerne farbiges Papier gegeben, hätte er nur danach gefragt.

Pringle schüttelte den Kopf und musterte mich misstrauisch. „Unter einer Voraussetzung."

Ich wartete ab, ohne auf seine Mätzchen einzugehen. Es reichte, wenn Octocat ständig Theater machte, und ehrlich gesagt mochte ich meinen Kater weitaus lieber als diesen lästigen Waschbären, der sich bislang nicht wirklich freundschaftlich verhalten hatte.

Pringle seufzte. „Ich darf das schöne Papier behalten."

„Wozu brauchst du das überhaupt?", erkundigte ich mich stöhnend.

„Ich habe mit Origami angefangen, und die hier sind sehr gut geeignet." Pringle marschierte hoch erhobenen Hauptes schnurstracks zurück in seine Behausung unter der Veranda.

Woher wusste er überhaupt, was Origami war?

Und woher wusste er, wie es geht und wie man damit anfängt?

Was für ein seltsames Tier.

„Siehst du, Mami! Ich habe ihn verscheucht!" Paisley saß stolz auf dem Rand der Veranda und zitterte so aufgeregt, dass ich es nicht übers Herz brachte, ihr zu sagen, dass Pringle uns ausgetrickst hatte und nicht andersherum.

„Dieser Kerl ..." Octocat ließ sich neben seiner Chihuahua-Freundin nieder. „Er nimmt sich ganz schön was raus."

Aber so was von, dachte ich, doch für den Moment war ich bedient und hatte keine Lust, weiter über den kleinen Quälgeist zu sprechen. Es gab Wichtigeres zu tun, und ich wollte keine Zeit verschwenden.

„Kommt schon, ihr zwei", sagte ich seufzend. „Es sieht so aus, als müssten wir uns eine neue Werbe-strategie einfallen lassen."

Während wir zurück ins Haus gingen, packte mich die Entschlossenheit. Ich würde darum kämp-fen, unsere Privatdetektei zum Erfolg zu führen, und wenn das nicht klappte, wäre es eben meine eigene Schuld. Es kam gar nicht infrage, dass sich ein egois-tischer, größenwahnsinniger Waschbär derart einmischte und mir die Rolle verpfuschte, die mir zugedacht worden war in dieser Welt – oder zumindest in meinem kleinen Teil der Welt.

„Diesen Blick kenne ich", meinte Octocat grinsend, wobei seine spitzen Zähne zum Vorschein kamen. „Mein Baby gehört zu mir, ist das klar!?"

Ich schnaubte amüsiert über dieses Zitat aus der 80er-Romanze Dirty Dancing und stellte mir mich selbst an der Seite von Patrick Swayze vor. Früher hatte sich mein Stubentiger nur Law & Order angesehen, doch in den letzten Monaten hatte er seine Fernsehgewohnheiten geändert und sein Interessenspektrum deutlich erweitert. Hauptsächlich dank Großmutter.

Auch wenn ich Octocats Unterstützung zu schätzen wusste, würde ich seine Fernsehzeit in Zukunft definitiv einschränken müssen.

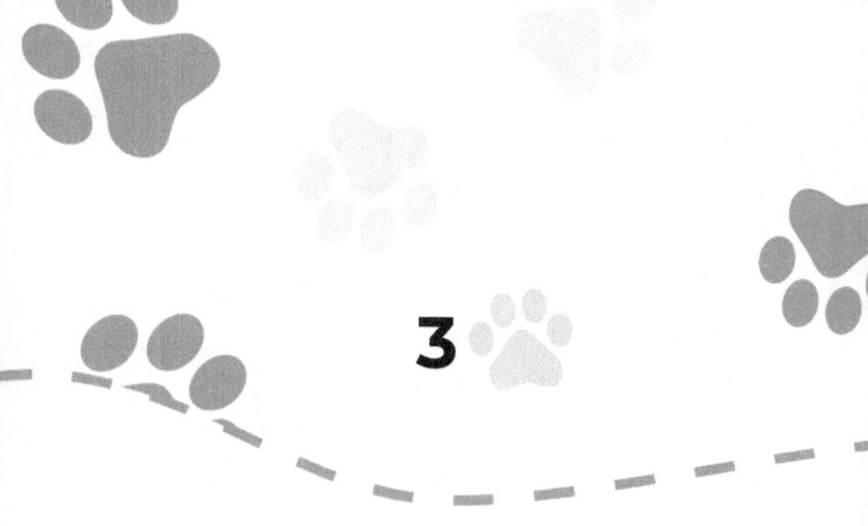

3

Wie sich herausstellte, war mein Kater nicht der einzige, der in letzter Zeit zu viel fernsah. Normalerweise verbrachte Grandma die Vormittage in der Küche und bereitete das Mittagessen sowie diverse süße Leckereien vor, die wir zu unserem täglichen Nachmittagstee genossen. Heute jedoch war die Küche blitzeblank und verwaist.

„Grandma?" Meine Stimme hallte durch die leere Villa und fühlte sich merkwürdig laut an.

Als sie nicht antwortete, rannte ich zur Garage, um nachzusehen, ob ihr kleiner, roter Sportwagen dort stand. Sie fuhr oft nach dem Mittagessen weg, um sich ehrenamtlich zu engagieren oder einen Kurs zu besuchen, aber in der Regel gab sie mir Bescheid, bevor sie ging. Außerdem hätte ich sie von der Veranda aus sehen müssen, wenn sie das Haus heute früher verlassen hätte.

Seltsam. Ihr Auto stand in der Garage, wo es hingehörte.

Und wo war dann Großmutter?

Paisley stellte sich auf ihre Hinterbeine und strich mir mit ihren winzigen Pfoten übers Bein. „Ich kann sie immer noch riechen. Soll ich dir zeigen, wo sie ist?"

Als ich nickte, stürmte der kleine Hund die Treppe hinauf und begann an der Tür zu einem der Schlafzimmer, die wir nicht benutzten, zu kratzen.

„Grandma?", rief ich vorsichtig, bevor ich die Tür aufstieß.

Paisley stürmte an mir vorbei, und Octocat schlich hinterher.

Grandma war jedoch immer noch nicht zu sehen.

„Paisley, bist du sicher, dass sie hier ist?" Ich fing an, mir ernsthaft Sorgen zu machen.

„O ja! Da oben!" Sie rannte zum Schrank hinüber und vollführte ungeschickte Seitwärtssprünge, bis ich nach oben sah und die offene Dachbodenluke bemerkte.

Ich reckte den Hals und versuchte, etwas zu erkennen. „Grandma?"

Einen Moment danach spähte sie durch die Luke nach unten, umgeben von einer Staubwolke. Um den Kopf hatte sie sich ein helles Seidentuch mit Emoji-Aufdruck gebunden, und sie trug eine Cat-Eye-Sonnenbrille, vermutlich um ihre Augen vor dem ganzen Staub zu schützen. „Oh, hallo Liebes."

„Was machst du denn da oben?" Ich war zwar erleichtert, sie gefunden zu haben, aber immer noch besorgt, weil mir das Ganze nicht ungefährlich erschien. „Und wie bist du überhaupt da raufgekommen?"

„Ich sortiere nur ein paar Sachen aus. Zuerst habe ich mir mein Schlafzimmer vorgenommen, und dann war ich so gut im Schwung, dass ich das hier in Angriff nehmen wollte." Sie wandte sich ab und kroch aus dem Blickfeld.

„Was in Angriff nehmen?", rief ich ihr hinterher.

„Ich wusste nicht, dass wir hier einen Speicher haben", bemerkte Octocat, duckte sich zum Sprung, wackelte mit dem Popo und machte einen beeindruckenden Satz in Richtung Luke.

Seine Vorderpfoten streiften den Rahmen, aber er konnte keinen Halt finden.

„Autsch", stöhnte er, als er unbeholfen am Boden aufkam.

„Bist du verletzt?" Ich wollte ihn streicheln und trösten.

Er zuckte zurück und wich meiner Hand aus. „Nur mein Stolz. Welch Missgeschick", jammerte er. „Was bin ich nur für eine Katze, die noch nicht einmal ordentlich auf den Füßen landet? Autsch."

„Oh, du Armer. Darf ich dein Aua küssen?" Paisley leckte sich enthusiastisch die Lippen.

„Das fehlt mir jetzt noch, ...", grummelte mein Kater.

Beide Tiere trollten sich aus dem Raum, und da stand ich nun allein, während Großmutter irgendwo auf dem Speicher rumorte.

„Grandma?", rief ich erneut. „Was machst du da oben?"

Sie tauchte wieder auf und schüttelte lachend den Kopf, als hätte ich ihr eine völlig absurde Frage gestellt. „Mission Marie Kondo! Was denn sonst?"

„Marie Kondo? Ist das nicht die Aufräum-Lady mit dem Buch, von dem alle reden?"

Grandma verzog das Gesicht. „Hat sie auch ein Buch geschrieben? Hmm, keine Ahnung. Es ist eine Serie auf Netflix. Die erste Staffel habe ich mir neulich in einem Rutsch reingezogen; hoffentlich gibt es bald eine neue."

Ich war mir zwar vollkommen sicher, dass es das

Buch vor der Fernsehserie gegeben hatte, sagte aber nichts.

Ihre Augen leuchteten, als sie mir erklärte: „Das ist das neue Feng Shui. Jeder macht es. Wenn ein Gegenstand keine Freude in dir auslöst, dann gehört er nicht in dein Zuhause. Tolles Konzept, oder?“

„Ja ... toll“, murmelte ich. Nur war unser Haus so riesig, dass wir eigentlich viel mehr Dinge unterbringen könnten. Manchmal kam es mir vor, als lebten wir in einem Museum mit all den Antiquitäten, die wir mit dem Haus übernommen hatten. Wir könnten mehr persönliche Gegenstände gebrauchen, um es mit Leben zu füllen, nicht weniger.

„Kommst du hoch oder soll ich runterkommen?“ Großmutter neigte den Kopf zur Seite, was fast so aussah wie bei ihrer kleinen Chihuahua-Freundin. „Weißt du was? Ich komme runter.“

Einen Moment später schob sie sich durch die Luke des Kriechbodens und ließ sich auf den Teppichboden darunter plumpsen. Beim Aufprall ging sie ein wenig in die Knie, und ich befürchtete schon, sie hätte sich etwas gebrochen.

Ich eilte zu ihr, um sie zu stützen. „O mein Gott! Grandma! Alles okay?“

„Natürlich ist alles okay. Wofür hältst du mich? Ich bin doch nicht invalide.“ Sowohl ihre Knie als auch ihre Stimme zitterten, aber schockierenderweise schien sie das gut wegzustecken, nicht wie Octocat und sein armer, verletzter Stolz.

„Wofür ich dich halte? Na ja, mit über siebzig bist du eben kein Jungspund mehr." Dabei beließ ich es jedoch, denn ihr schien nichts passiert zu sein. Ich konnte nur hoffen, dass ich eines Tages auch so gut in Form sein würde wie meine Großmutter, aber irgendwie bezweifelte ich das – wie sollte ich jemals ein halber Ninja werden?

„Du weißt, dass ich mir immer Sorgen mache", seufzte ich. „Tu mir einen Gefallen, wenn du das nächste Mal auf den Dachboden gehen willst, sag mir Bescheid oder schnapp dir zumindest unsere Trittleiter."

Sie schob meine Bedenken beiseite. „Kein Grund zur Sorge. Fürs Erste bin ich fertig."

„Hast du viele Sachen aussortiert?" fragte ich, während mein Blick auf die beiden großen Müllsäcke, die an der Seite des Schranks standen, fiel.

„Einen ordentlichen Batzen. Was hast du heute Morgen gemacht?"

Ich erzählte ihr von meinen Werbezetteln, die alle im Garten aufgetaucht waren, und der Auseinandersetzung mit Pringle. „Und weißt du, was das Unglaublichste daran ist? Er sagt, er brauche sie, um

Origami damit zu machen!", berichtete ich ihr empört.

„Oh, gut", sagte Grandma mit einem kecken Nicken. „Ich war schon besorgt, dass er kein Bastelmaterial finden würde."

„Moment mal. Hast du ihm etwa vorgeschlagen, sich damit zu befassen?" Warum überraschte mich das jetzt nicht?

Sie zuckte mit den Schultern. „Ich hatte ein altes Buch über die japanische Kunst des Papierfaltens. Es hat mir keine Freude mehr bereitet, aber unser Waschbärfreund schien Spaß daran zu haben, also habe ich es ihm geschenkt."

„Aber kann er denn lesen?" Selbst Octocat, der viel engeren Kontakt zu Menschen hatte, konnte das nicht.

Grandma gluckste. „Das musst du ihn fragen, Liebes, nicht mich."

Ich verdrehte die Augen und stieß einen übertrieben langen Seufzer aus.

„Kein Grund, gleich patzig zu werden", schimpfte Grandma und eilte zur Tür.

Ich folgte ihr die Treppe hinunter und in die Küche. „Tut mir leid. Ich wollte es nicht an dir auslassen. Es ist nur so, dass ich mich total abmühe,

Kunden für die Detektei zu finden, aber nichts scheint zu funktionieren."

„Oh, du brauchst Kunden?" Grandma hob eine Augenbraue und schaute kurz in meine Richtung, während sie den Teekessel mit Wasser füllte.

„Ja natürlich. Es sind jetzt zwei Monate vergangen, und wir haben immer noch keinen einzigen Auftrag." Das deprimierte mich wirklich.

Großmutter stellte den Kessel auf die Herdplatte und drehte sich mit einem breiten Grinsen zu mir um. „Nun, warum sagst du das nicht gleich? Ich kenne zufällig jemanden, der deine Dienste dringend benötigt."

„Was?" Ich konnte es kaum fassen. „Und du hast es mir nicht gesagt?"

Grandma versetzte mir einen sanften Schlag mit dem Küchenhandtuch. „Beruhige dich. Ich habe es erst gestern erfahren, und ich war zu der Zeit ziemlich beschäftigt."

Ja klar, mit ihrer Marie-Kondo-Mission. Ich rang mir ein versöhnliches Lächeln ab. Obwohl ich meine Großmutter über alles liebte, ging mir ihre umständliche Art und Weise manchmal ziemlich auf die Nerven.

Sie schwieg, und eine geschlagene Minute

verstrich, bis ich es nicht mehr aushielt. „Also, wer ist es denn?"

Sie verschränkte die Arme vor der Brust und wandte sich ab. „Entschuldige dich zuerst. Das ist das zweite Mal, dass du mich innerhalb von fünf Minuten anschnauzt."

„Tut mir leid." Und das meinte ich auch so, denn ich schätzte alles an ihr, auch ihre Schrulligkeit, und trotz all ihrer Unzulänglichkeiten war meine Großmutter nach wie vor meine beste Freundin und mein Idol.

Kaum hatte ich meine Entschuldigung ausgesprochen, wirbelte sie wieder zu mir herum, und gespannt wartete ich auf ihre News. „Ich will noch nicht zu viel verraten, aber ich werde deine neue Klientin heute Abend zum Essen einladen, damit sie dir alle Einzelheiten erzählen kann. Ich bin mir ziemlich sicher, dass sie dich anheuern wird, um ihr zu helfen."

„Danke, Grandma!", rief ich freudig und umarmte sie fest. Letzten Endes war es egal, dass sie sich mit den Details zurückgehalten hatte. Sie hatte einen Kunden für mich aufgetan, meinen ersten, waschechten Kunden!

Endlich ging es aufwärts für Octocats und mein Geschäft.

4

ls unsere Türklingel – eine beschwingte Version von YMCA von den Village People – durchs Haus schallte, schossen mir zwei Dinge durch den Kopf: Meine erste Kundin stand in diesem Moment draußen vor der Tür, und Grandma hatte sich offenbar auf meine Kosten amüsiert.

Sie hatte sich geweigert, irgendwelche Details über den Fall oder die Person preiszugeben, um mich nicht vorab zu beeinflussen, wie sie sagte. Persönlich glaubte ich jedoch, dass sie dachte, es würde auf diese Weise einfach mehr Spaß machen – zumindest ihr.

Als ich die Tür öffnete und unsere Postbotin Julie dort stehen sah, war ich völlig verblüfft. „Julie, hallo!

Wie geht's?", fragte ich vorsichtig, da ich nicht genau wusste, ob sie nur ein eiliges Paket zustellen wollte oder tatsächlich die Kundin war.

„Es ging mir schon mal besser, soviel steht fest." Die sonst immer fröhlich lächelnde Frau mit dem Engelsgesicht hatte heute tiefe Sorgenfalten auf der Stirn. Sie stieß einen lauten Seufzer aus.

„Nun bitte unseren Gast doch herein!", rief Grandma vom Fuß der Treppe aus. Ich hatte sie noch nicht einmal kommen hören. Sie musste wirklich ein halber Ninja sein.

„Danke, Dorothy." Julie nickte, trat ins Haus und stand dann unbeholfen in unserem Foyer. Sie war eine der wenigen Menschen in der Stadt, die Groß-mutters wahren Vornamen kannten und nicht ihren bevorzugten Spitznamen benutzten.

„Ich lasse euch beide mal allein, damit ihr das Geschäftliche unter vier Augen besprechen könnt." Grandma tippelte mit schwingenden Hüften davon.

Doch bevor sie in die Küche entschwand, drehte sie sich noch einmal zu uns. „Ach Angie, sei so lieb und nimm den Kater mit. Er hat in letzter Zeit die nervige Angewohnheit, mir immer in die Quere zu kommen." Sie hielt inne und zwinkerte mir auffällig zu, was auch Julie sicher nicht entging.

Octocat erklomm die unterste Treppenstufe und

brummte: „Das tat weh. Nur weil sie mich nicht verstehen kann, heißt das nicht, dass ich sie nicht verstehe."

Ich wollte ihn trösten, hielt mich aber zurück, weil Julie uns beide genau beobachtete. „Lassen Sie uns in mein Büro gehen", sagte ich stattdessen.

Was bei unserem Einzug ein reines Gästezimmer gewesen war, hatte sich inzwischen zu meinem absoluten Lieblingszimmer gemausert. Brock Calhoun – der sich jetzt nur noch kurz „Cal" nannte – hatte hervorragende Arbeit geleistet und den Raum in ein luxuriöses Büro samt Bibliothek verwandelt. Die Krönung jedoch war der zwei Meter lange Sitzplatz direkt am Fenster, mit Blick auf den hinteren Garten des Anwesens. Die riesigen gewölbten Decken und der antike Kristallkronleuchter taten ihr Übriges, ebenso wie die maßgefertigten Bücherregale, die zwei ganze Wände komplett vom Boden bis zur Decke einnahmen.

„Wow", raunte Julie ehrfürchtig, als sie sich umsah. „Ich wette, Sie verlassen diesen Raum nur, wenn es sein muss."

„Ja, so ungefähr", erwiderte ich freundlich, obwohl das nicht ganz stimmte. Zwar verbrachte ich hier jede Woche ein paar Stunden mit Lesen, aber die Tatsache, dass ich bisher noch keinen konkreten

Auftrag hatte, um den Raum als Büro zu nutzen, deprimierte mich mehr und mehr. Daher fiel es mir an den meisten Tagen leichter, in meinem Schlafzimmer zu lesen, denn da musste ich mich nicht so sehr mit meiner eigenen Unzulänglichkeit als Privatdetektivin auseinandersetzen.

Aber das sollte sich hier und jetzt ändern, dank unserer werten Postzustellerin.

„Meine Großmutter meinte, Sie hätten einen Fall für mich", begann ich, als Julie sich auf der alten Ledercouch niedergelassen hatte, die gegenüber meinem großen Schreibtisch aus Nussbaumholz und dem Chefsessel stand. „Dann erzählen Sie doch mal."

Octocat schritt durch den Raum und versuchte, sich natürlich zu verhalten, was ihm völlig missglückte. Darüber würden wir später noch sprechen müssen.

„Okay." Julie warf einen Blick in Richtung meines Katers, drehte sich dann wieder zu mir um und räusperte sich. „Also, in den letzten Wochen wurde eine Reihe Briefkästen auf meiner Route mutwillig beschädigt. Und die Post, von der ich weiß, dass ich sie zugestellt habe, ist teilweise verschwunden; es gab einige Beschwerden über nicht angekommene Sendungen. Ich weiß, dass der Fehler nicht bei mir liegt, aber bei meinen Vorgesetzten bewege ich mich auf dünnem Eis. Man gibt mir die Schuld und droht damit, mich zu beurlauben oder sogar mein Gehalt zu kürzen, um die Kosten für den Austausch der Briefkästen wieder reinzuholen."

Ich setzte mich neben sie und berührte mitfühlend ihr Knie. „Das ist ja furchtbar."

Wenn ich als Ermittlerin Erfolg haben wollte, brauchte ich nicht nur eine gute Spürnase, sondern auch einen guten Draht zu meinen Kunden. Bei Julie war das glücklicherweise einfach, denn ich hatte sie schon immer gemocht, und auch wenn sie keine richtige Freundin war, so doch eine alte Bekannte.

Sogar Octocat schien von ihrer Geschichte gerührt zu sein. Er hörte auf, im Zimmer herumzuwandern, und sprang neben sie auf die Couch. Dann rieb er seinen Kopf an ihrer Hand, um ein paar Streicheleinheiten zu bekommen.

„Was für ein süßes Kätzchen", meinte Julie, und das reichte, um ihn im nächsten Moment wieder aufspringen zu lassen. Niemand durfte ihn „Kätzchen" nennen – das ging für ihn einfach gar nicht. Unser Gast konnte froh sein, dass er nicht in Stimmung war, seine Krallen auszufahren.

Wir sahen beide zu, wie Octocat sich auf der Fensterbank gegenüber niederließ und uns von dort aus beobachtete.

„Sie wollen also, dass wir herausfinden, wer die Post klaut und die Briefkästen beschädigt, damit Sie nicht mehr dafür verantwortlich gemacht werden", fasste ich zusammen.

Julie nickte energisch, dann runzelte sie die Stirn. „Ja, das wäre wunderbar. Aber wenn Sie mir nicht helfen wollen, dann verstehe ich das."

„Warum sollten wir Ihnen nicht helfen wollen?" Mir stockte der Atem. Der Fall lag klar auf der Hand, also was war das Problem?

Julie ließ den Kopf hängen und eine Träne kullerte in ihren Schoß. „Ich kann nichts dafür bezahlen. Seit die Kinder auf dem College sind, muss ich wirklich knapsen, und ich ertrinke immer noch in Schulden. Ich kann es mir nicht leisten, meinen Job zu verlieren, aber ich kann es mir auch nicht leisten, Sie zu bezahlen, damit Sie mir helfen, ihn zu behalten."

„Sie erwartet von uns, dass wir umsonst arbeiten?", zischte Octocat ungehalten. „Nein, vielen Dank, der Nächste, bitte!"

Ich warf ihm einen warnenden Blick zu und wandte mich mit aufmunternder Miene wieder an Julie: „Wir helfen Ihnen gerne. Auch ohne Bezahlung."

Julie hob den Blick und sah mir in die Augen,

wobei sich ein Lächeln auf ihren Lippen abzeichnete. „Sicher? Ich weiß, es ist viel verlangt. Ich hätte mich nicht einmal gewagt zu fragen, aber Dorothy hat darauf bestanden und ...“

Ich hob meine Hand, um sie zu unterbrechen. „Ganz sicher.“

„Nein, nein, nein“, maulte Octocat. „Welcher Profi arbeitet denn umsonst? Ich dachte, wir betreiben hier ein seriöses Unternehmen?“

Ich schüttelte den Kopf. Manchmal fiel es mir echt schwer, nicht mit ihm zu reden, wenn Leute dabei waren, die unser Geheimnis nicht kannten.

„Absolut sicher“, betonte ich erneut, während ich meinen wütenden Kater grimmig anstarrte.

Das war also mein erster Kundentermin, der insgesamt keine fünfzehn Minuten gedauert hatte. „Ich muss gehen“, sagte Julie, stand auf und schüttelte mir die Hand. „Vielen Dank, dass Sie mir helfen wollen. Ich werde mich bald irgendwie revanchieren, das verspreche ich.“

„Das solltest du auch!“, schimpfte Octocat.

„Nicht nötig“, sagte ich lächelnd, um ihm den Wind aus den Segeln zu nehmen. „Wir betrachten das als kleines Training und freuen uns über die Gelegenheit, unsere Fähigkeiten zum Einsatz zu bringen.“

Julie seufzte wehmütig. „Es ist wirklich toll, dass

Sie und Dorothy das zusammen machen. Ich hoffe, dass meine Mädels eines Tages, wenn sie keine Teenies mehr sind, zumindest halb so viel mit mir zusammen sein wollen wie Sie und Ihre Großmutter."

Lachend erwiderte ich: „Grandma gehört nicht wirklich zur Firma, aber wir verbringen gerne Zeit miteinander. Ich bin mir sicher, dass Ihre Töchter das später auch wollen."

„Gehört sie nicht? Aber Sie sprachen immer von *Wir* – wie meinen Sie das denn?"

„Oh, ähm, das ist nur so eine Angewohnheit. Ich bin die Detektivin, aber bei Bedarf ziehe ich externe Experten hinzu", stammelte ich, was mir so peinlich war, dass ich beinahe die Treppe hinuntergestolpert wäre. Hoffentlich hatte sie nichts bemerkt.

Ich musste wirklich aufhören, Octocat einzubeziehen, wenn ich mit anderen sprach. Selbst mein beiläufiges „Wir" könnte uns irgendwann verraten. Man sollte meinen, dass jemand, der seinen Lebensunterhalt damit verdiente, Geheimnisse aufzudecken – theoretisch zumindest –, besser in der Lage wäre, ebensolche auch zu verbergen.

„Nur so eine Angewohnheit, ja?", höhnte mein Kater, als er uns die Treppe hinunter folgte.

„Dorothy hat meine Handynummer", sagte Julie,

die kurz vor der Haustür stehen geblieben war. „Nochmals vielen Dank für Ihre Hilfe."

„Schon fertig?" Grandma war aus der Küche erschienen und wischte sich die Hände an ihrer rosa gepunkteten Rüschenschürze ab.

„Bei Angie ist die Sache in guten Händen. Danke, dass Sie uns zusammengebracht haben."

Großmutter strahlte sichtlich stolz. „Oh, ich bin so froh. Sie bleiben doch zum Essen, oder? Es ist fast fertig."

„Ich kann wirklich nicht, aber danke für die Einladung." Julie nickte Grandma zu und schüttelte mir ein zweites Mal die Hand. Dann hastete sie hinaus.

„Und komm nicht wieder!", rief Octocat ihr hinterher, als sie die Tür zuzog.

5

„Das ging aber schnell", meinte Grandma erneut, als ich ihr in die Küche folgte. Selbst ich musste zugeben, dass Julie es sehr eilig hatte, hier wieder wegzukommen. Lag das nur daran, dass sie noch etwas zu erledigen hatte, oder könnte es einen anderen, möglicherweise pikanten Grund geben? Meine Güte, ich hoffte, sie hatte uns nicht engagiert, um ihren Namen reinzuwaschen, weil sie die Taten in Wirklichkeit selbst begangen hatte.

Nein, nein. Ich schüttelte den Kopf und holte tief Luft. Wie konnte ich nur so etwas über Julie denken? Sie war immer nett zu uns gewesen, immer zuverlässig und, soweit ich das beurteilen konnte, eine ehrliche Haut.

„Dir schwirrt der Kopf, nicht wahr?" Großmutter holte verschiedenes Gemüse aus dem Kühlschrank und legte es neben ein sauberes Schneidebrett. „Erzähl mir alles, während du den Salat vorbereitest", sagte sie und kehrte auf ihren Stammplatz am Herd zurück.

Ich wusch die Salatblätter und gab sie in die Schleuder. Ohne angeben zu wollen, aber das Grünzeug für unser Abendessen gelang mir inzwischen ziemlich gut. Das lag jedoch vor allem daran, dass Grandma mir nichts anvertraute, was mit Hitze zubereitet werden musste. Nicht nach dem Fiasko mit der verbrannten Rinderbrust im Jahr 2019.

„Da gibt es gar nicht viel zu erzählen", antwortete ich nachdenklich. „Jemand klaut Post und demoliert Briefkästen."

„Ja, das wusste ich doch schon." Grandma ging zum Kühlschrank und nahm die Butter heraus. „Deshalb hatte ich ja auch vorgeschlagen, dass ihr euch trefft. Hat sie denn sonst noch etwas erzählt?"

Ich hielt den Blick konzentriert auf das Gemüse gerichtet. „Nur, dass sie nichts zahlen kann. Ich habe ihr gesagt, dass das in Ordnung sei, aber Octocat ist sauer deswegen."

„Klar ist er das, unser launischer Stubentiger halt." Sie drehte sich um und streckte ihm die Zunge heraus, während er neben seinem leeren Futternapf hockte und finster dreinblickte. Es hätte jetzt auch keinen Sinn, ihn früher zu füttern, da er sich über die Änderung seines Zeitplans garantiert noch mehr aufregen würde als über die Tatsache, dass wir bei unserem ersten Auftrag für lau arbeiten würden.

„Entschuldige bitte, dass ich gewisse Standards habe", murrte er betont dramatisch. „Und Selbstachtung."

Was für eine Drama Queen!

„Gut, dass sein Treuhandfonds mehr als ausreichend ist, um unsere Hälfte der Hypothek und der Ausgaben zu decken."

„In der Tat", stimmte sie nickend zu.

Octocat gab ein leises Knurren von sich, verkniff sich jedoch weitere Kommentare, um seinem Unmut über mich und die Situation Luft zu machen.

Grandma und ich arbeiteten einige Minuten lang schweigend und genossen die Ruhe, die sich beim Schneiden, Rühren und Anrichten einstellte. Dann fiel mir etwas ein, das neulich geschehen war und das uns in Julies Fall auf eine Spur bringen könnte.

„Hey, warte mal", sagte ich, und meine Stimme kam mir in diesem Moment extrem laut vor. „Weißt du noch, als Octocat seine Vorladung zu dem Gerichtsverfahren wegen der Testamentsanfechtung bekam? Die wurde viel zu spät zugestellt, fast zu spät, um noch pünktlich zur Anhörung erscheinen zu können. Meinst du, dass vielleicht einer von Julies Kollegen bei der Post schuld daran sein könnte und möglicherweise auch an den aktuellen Ereignissen?"

„Möglich wäre das", antwortete Grandma achselzuckend. „Aber beim letzten Mal stand doch die falsche Anschrift auf dem Brief und daraufhin wurde er ewig nicht nachgesandt."

Ich kaute auf meiner Lippe herum und dachte nach. Sie hatte recht, aber das bedeutete noch lange nicht, dass es keinen Zusammenhang zu Julies Fall gab. „Weißt du was? Ich schaue mir diesen Brief jetzt noch mal an, nur sicherheitshalber. Mal sehen, ob er irgendwelche Erinnerungen oder Ideen weckt. Kann sein, dass es ein Schuss in den Ofen ist, aber es gibt uns zumindest einen Ansatzpunkt."

Ich huschte in die Bibliothek, wo ich meine wenigen wichtigen Dokumente in einem Hängeregister in der untersten Schublade meines Schreibtischs aufbewahrte, unter anderem die Unterlagen zu Octocats Treuhandfonds, meine verschiedenen Abschlusszeugnisse und der Bankvertrag für unsere Hypothek. Allerdings ...

Die Schublade war leer.

Ich zog sie komplett heraus, um zu sehen, ob

etwas dahinter gefallen war, doch dort lag nicht ein einziges Blatt.

„Grandma!", rief ich aus vollem Halse und sackte in mich zusammen, weil mir der Schreck den Boden unter den Füßen wegzog. Ich kauerte panisch auf den harten Holzdielen vor dem Schreibtisch, und meine Beine fühlten sich wie Pudding an, meine Knie zitterten. Konnten meine wichtigsten Dokumente wirklich alle spurlos verschwunden sein?

Kurze Zeit später erschien Großmutter. „Ja, Liebes?"

Ich drehte mich um und sah ihr in die Augen. „Hast du auch meine Unterlagen nach dieser Marie-Kondo-Methode ausgemistet?"

Sie legte sich die Hand aufs Herz. „Natürlich nicht. Ich würde niemals deine Sachen wegwerfen, ohne dich vorher zu fragen. Das ist ein Prozess, den jeder selbst durchlaufen muss. Meine Lieblingssachen, die mir Freude bereiten, sind ja vermutlich nicht deine Lieblingssachen, sogar mit großer Wahrscheinlichkeit nicht."

Ich hob die leere Schublade in die Höhe und biss mir auf die Lippe, um nicht zu heulen.

„Oh, das sieht nach einem Problem aus." Sie durchquerte den Raum, nahm mir die Schublade ab und schüttelte sie kräftig.

„Verflixt", sagte sie, als nach wie vor nichts herausfiel. „Ich rufe Charles an."

Ich blieb mitgenommen am Boden sitzen. Obwohl mein Freund in dieser Situation nicht wirklich etwas tun konnte, gab es mir ein gutes Gefühl zu wissen, dass er bald hier sein würde.

Während meine Stärke eher darin lag, Hinweise und Beweise wie ein Puzzle zusammenzufügen, wusste er immer, was in schwierigen Situationen wie dieser zu tun war.

„Was ist los?", fragte Octocat mit zuckenden Schnurrhaaren. Ich hatte nicht einmal bemerkt, dass er den Raum betreten hatte.

„Meine ganzen wichtigen Papiere sind weg", erklärte ich ihm schniefend.

„Warum verschwinden bei dir ständig alle möglichen Papiere?" Er lachte, verstummte jedoch, als er bemerkte, dass ich total fertig war.

„Das mit den Flyern war ja nicht meine Schuld", erinnerte ich ihn. „Und das hier auch nicht."

„Nein", meinte er und gähnte lange und lautstark. Wie schön, dass er meine Aufregung so entspannend fand. Anschließend fügte er hinzu: „Deine Werbezettel hat sich ja Pringle gekrallt. Glaubst du, das hier geht auch auf sein Konto?"

Das gab mir zu denken. „Pringle? Hmm. Aber er darf das Haus nicht betreten."

Octocat lachte sarkastisch. „Meinst du wirklich, das hält ihn davon ab?"

„Jetzt reicht's!" Auf einmal hatte ich so viel Wut im Bauch, dass ich energisch aufsprang. „Ich rufe einen Schädlingsbekämpfer an."

Wie konnte ein kleiner Waschbär so viel Schaden in meinem Geschäfts- und Privatleben anrichten? Und warum ließ er mich und meine Sachen nicht einfach in Ruhe?

„Oh, gute Idee!", raunte Octocat und trabte hinter mir her die Treppe hinunter. „Kann ich dabei sein, wenn er abgeholt wird? Ich kann es kaum erwarten, seinen Gesichtsausdruck zu sehen, wenn ..."

Er hielt abrupt inne, als ein vehementes Klopfen an unserer Haustür ertönte. Charles konnte es noch nicht sein, schließlich hatte Grandma ihn eben erst angerufen, aber wer dann?

Großmutter kam aus der Küche gerannt, wobei sie sich die Hände an einem Geschirrtuch abwischte. „Ja", rief sie, „wer ist da?"

„Hier ist Julie", antwortete die Postbotin mit verzweifelter Stimme. „Darf ich reinkommen?"

6

Julie, Grandma und ich standen im Foyer, Paisley klebte an unseren Fersen und Octocat beobachtete uns aus einer nach seinem Empfinden sicheren Entfernung – er saß auf halber Höhe der Treppe.

„Was ist los?", erkundigte ich mich. Julie zitterte und sah verweint aus.

Grandma legte ihr den Arm um die Schultern und bot ihr ein Taschentuch an, das sie aus ihrer Schürzentasche zauberte.

„Ich war doch vorhin gerade mal zehn Minuten hier", begann sie. „Und trotzdem hat jemand in der Zeit meinen Wagen geplündert. Ich habe es erst vor meiner Haustür bemerkt und ich kann es immer noch nicht glauben."

„Was fehlt denn?", fragte ich mit einer bösen Vorahnung.

„Einige Pakete, die ich nicht ausliefern konnte, weil ich bei den Empfängern niemanden angetroffen habe." Ihr Gesichtsausdruck verfinsterte sich. „Ich habe wirklich schon mehr als genug Ärger auf der Arbeit und jetzt das. Und das Schlimmste ist, dass mir auch mein Glücksbringer geklaut wurde, ein kleiner Engel."

„Sieht aus, als sei das Glück dir nicht hold", spöttelte mein Tiger und lachte über seinen eigenen Witz, wobei er seinen Kopf von einer Seite zur anderen neigte.

„Ihr Glücksengel?", fragte ich besorgt nach. Meine Flyer konnte ich jederzeit neu drucken und Ersatzkopien von den fehlenden Dokumenten ordern, aber ein Glücksbringer war einzigartig und vermutlich unersetzlich.

„Ja, es ist kein teures Teil, aber für mich besonders wertvoll. Es war das erste Muttertagsgeschenk, das meine Töchter von ihrem eigenen Geld für mich gekauft haben. Dieser Engel besteht hauptsächlich aus Glas und hat feine goldene Ränder. Ich bewahre ihn immer im Handschuhfach auf, damit er nicht zerbricht. Er ist immer bei mir und leistet mir tagsüber Gesellschaft."

„Wie haben Sie bemerkt, dass er weg ist?", fragte ich beunruhigt und musste mich zwingen, nicht auf den Fingernägeln zu kauen.

Julie schaute geistesabwesend ins Leere und schwankte leicht hin und her. „Meine Jüngste rief an, um mir vom College zu erzählen. Deshalb hatte ich es eben auch so eilig von hier wegzukommen, denn ich wusste, dass sie heute Abend nach dem Ende der Schicht in ihrem Teilzeitjob anrufen würde. Ich halte den Engel gerne in der Hand, wenn ich mit meinen Mädchen telefoniere. Dann fühle ich mich ihnen irgendwie näher."

„Aber als Sie ihn herausholen wollten, war er nicht mehr da", beendete ich ihren Bericht mit einem Seufzer.

Sie nickte und zeigte auf mich. „Genau."

„Und Sie sind sich sicher, dass er vor dem Besuch bei uns noch im Auto war?" Ich spürte, wie sich bei mir üble Kopfschmerzen anbahnten. Es musste Pringle gewesen sein, was bedeutete, dass seine Kleptomanie alarmierende Ausmaße angenommen hatte.

„Natürlich war er noch da!", entgegnete Julie gereizt. Plötzlich fühlte es sich nicht mehr so an, als wären wir Verbündete, die versuchten, diese Sache gemeinsam aufzuklären. „Wie schon gesagt, es ist mein Glücksbringer, und deshalb habe ich die Figur vor unserem Treffen noch einmal zur Hand genommen, in der Hoffnung, dass Sie mir helfen würden, auch wenn ich nichts bezahlen kann." Nun blickte sie unsicher zu Großmutter hinüber und murmelte: „Haben Sie meinen Engel genommen, Dorothy?"

O nein. Wenn sie mich verdächtigt hätte, na gut, aber Grandma auch nur in Erwägung zu ziehen ... Undenkbar! Natürlich verteidigte ich meine Großmutter sofort. „Niemals! Wir wissen beide, dass sie es nicht war, aber ich bin mir ziemlich sicher, wer dahintersteckt."

„Lass mich raten ..." Octocat kam langsam die Stufen hinunter und ließ sich zwischen Julie und mir nieder. „Ein gewisser Waschbär, der ständig nur Unsinn anstellt?"

Paisley begann daraufhin wütend zu bellen. „Großer böser Waschbär!", kläffte sie. „Er war gemein zu Mommys Freundin!"

Julie musterte den aufgeregten kleinen Hund nervös und trat einen Schritt zurück in Richtung Tür.

„Pst, ist ja gut, Kleines", sagte Grandma, hob Paisley hoch und gab ihr einen dicken, feuchten Kuss.

Ich ließ mich davon nicht ablenken und erklärte Julie: „Unter unserer Veranda lebt ein Waschbär, der ein richtiger Langfinger ist. Und es würde mich nicht überraschen, wenn er derjenige wäre, der sich in Ihren Wagen geschlichen und Ihren Engel gestohlen hat. Und die Pakete ebenso."

„Auch von Angies Sachen sind in letzter Zeit so einige spurlos verschwunden", ergänzte Grandma, „und wir haben ihn schon einmal auf frischer Tat ertappt."

Ungläubig torkelte Julie einen Schritt zurück, als hätte sie gerade einen Schlag ins Gesicht bekommen. „Ein Waschbär stiehlt Ihre Sachen? Das wissen Sie ganz sicher, und trotzdem haben Sie ihn noch nicht eliminiert?"

Wie sollte ich ihr erklären, dass das für mich nicht infrage kam? Den Waschbären zu töten würde in meinen Augen dem Mord an einem Menschen gleichkommen. Egal, wie sehr er mir auf die Nerven ging, ich würde ihm niemals etwas antun, um mir das Leben leichter zu machen.

„Meine liebe Angie hat ein weiches Herz", meinte Grandma mit einem traurigen Lächeln.

„Können Sie meinen Engel da rausholen?" Julie schluchzte erneut, und ich hatte keine Ahnung, ob sie Tränen des Kummers oder der Hoffnung weinte. Oder vielleicht beides? „Können Sie ihn mir wiederbringen?"

„Natürlich, das kriegen wir schon hin", beruhigte

ich sie und warf einen beunruhigten, vielsagenden Blick zu Großmutter hinüber. Aber um in den Waschbärbau zu klettern und Diebesgut sicherzustellen, bräuchte ich ein wenig Privatsphäre.

„Das Essen ist gleich fertig", meinte diese wie aufs Stichwort. „Angie wird sich gleich um den Waschbären kümmern, und ich würde mich freuen, wenn Sie in der Zeit mit mir zu Abend essen würden. Kommen Sie, meine Liebe." Sie schob Julie in Richtung Esszimmer, bevor sie widersprechen konnte.

Ich stapfte nach draußen, dicht gefolgt von meinen Fellnasen. Und obwohl ich am liebsten geschrien hätte vor Empörung, beherrschte ich mich, um nicht zu riskieren, dass Julie es mitbekam.

„Ich hole ihn, Mami!" Paisley preschte davon, bevor ich sie aufhalten konnte, und rannte in das Versteck des Waschbären unter der Veranda.

„Paisley, nein!", rief ich ihr voller Sorge hinterher. „Komm zurück!"

Pringle war etwa fünfmal größer als sie, und falls er sich durch ihr unerwartetes Eindringen in seine Höhle bedroht fühlte, könnte er ihr ordentlich wehtun.

„Na, wenn das mal nicht schiefgeht", kommentierte mein Kater die Situation seufzend. „Aber so sind Hunde eben. Immer in Action, ohne Sinn und

Verstand." Auch wenn Paisley in den letzten Monaten zu seiner besten vierbeinigen Freundin geworden war, hatte sich sein allgemeines Vorurteil gegenüber Hunden kein bisschen geändert. So war Octocat eben. Mit Widersprüchen hatte er kein Problem, solange er derjenige war, der die Regeln aufstellte.

Ein Stück weit entfernt knirschten Reifen, und ich erkannte Charles' Auto, das unsere lange Einfahrt hinaufrollte.

Kurz darauf parkte er direkt vor der Veranda. „Grandma hat mir erzählt, dass ihr ein kleines Waschbärproblem habt", sagte er beim Aussteigen.

„Eher ein großes Waschbärproblem", grummelte ich.

Mein Freund holte zwei Schaufeln und eine Taschenlampe aus dem Kofferraum und schlug den Deckel wieder zu. „Gut, dann lass uns an die Arbeit gehen. Sollen wir?"

7

Mit den Schaufeln bewaffnet näherten Charles und ich uns dem schmalen, zerklüfteten Eingangsloch zu Pringles Behausung unter der Veranda. Octocat zog es in der Regel vor, nicht direkt mitzumischen, wenn es sich vermeiden ließ, und so blieb er auf der Veranda sitzen. Paisley hatte sich natürlich schon gegen meinen Willen beherzt hineingestürzt.

„Pringle", rief ich heiser in die Öffnung und betete, dass er nicht in Kampflaune war und meinen armen übereifrigen Chihuahua verschonte. „Komm raus!"

Ein kleiner Kopf mit leuchtenden Augen lugte plötzlich aus dem dreckigen Loch hervor – nicht der von Pringle, sondern der von Paisley. Gott sei Dank!

„Hallo, Mami!", rief sie sichtlich aufgeregt. „Der Waschbär ist nicht zu Hause, aber er hat ganz schön viel Zeug da unten gehortet!"

O Mann, war ich froh, vor allem, dass die Kleine ihr törichtes Vorpreschen ohne einen Kratzer überstanden hatte, und auch ihre Nachricht spielte uns in die Karten.

„Prima, dass er nicht da ist", sagte ich. „Dann kommen wir einfacher hinein und können uns holen, was wir brauchen, ohne dass er uns in die Quere kommt." Ich sah zu Charles auf und informierte ihn: „Pringle ist nicht zu Hause."

Er lachte gut gelaunt in sich hinein. „Ja, das habe ich mir schon gedacht, Miss Doolittle. Ich werde immer besser darin, deine einseitigen Gespräche zu interpretieren – hab ja jetzt auch schon jede Menge Übung darin."

Ich spürte, wie mir eine hitzige Röte ins Gesicht stieg und Charles mich im nächsten Moment auf die Wange küsste. Danach ging es mir schlagartig besser und ich hatte das Gefühl, alles wieder mehr im Griff zu haben. Was soll ich sagen? Er hatte einfach diese besondere Wirkung auf mich.

„Hm", säuselte ich zufrieden. „Wie ist es nur möglich, dass ich den besten Mann in ganz Blueberry Bay abbekommen habe?" Ich drehte mich ganz zu ihm um und drückte ihm einen dicken Schmatzer auf den Mund.

„Nur von ganz Blueberry Bay?", flachste Charles, während er eine Strähne meines Haares um seinen Zeigefinger wickelte und mir dann auf die Nase drückte.

„Okay, ich korrigiere: vom ganzen Bundesstaat Maine", kicherte ich und zwinkerte ihm zu.

„Hey, muss das denn in aller Öffentlichkeit sein? Eklig so was", murrte Octocat, sprang von der Veranda und stellte sich in Windeseile zwischen uns. „Das ist der Grund, warum ich ihn Kotzbrocken nenne. Jedes Mal, wenn er da ist, wird mir übel von euch beiden."

Tatsächlich hatte sich mein mürrischer Gefährte diesen Spitznamen für Charles schon ausgedacht, lange bevor wir ein Paar wurden, aber jetzt war nicht der richtige Zeitpunkt, um das zu diskutieren. Wir hatten ein Waschbärversteck auszuheben.

Ich packte die Schaufel und lächelte meinem Märchenprinzen leicht bekommen zu. „Bereit?"

Charles stieß seine Schaufel in den Boden und beförderte einen Berg Erde aus dem Loch. „Absolut!"

„Das ist fast so eklig wie das, was ihr vorhin gemacht habt", maulte Octocat und kehrte auf die Veranda zurück. Er liebte es, draußen auf Entdeckungstour zu gehen, hasste es aber, sich schmutzig zu machen. Allein der Anblick des Dreckhaufens genügte, um bei ihm einen Putzreflex auszulösen und mit seiner rauen Zunge über sein Fell zu lecken.

„Wie kann ich dir helfen, Mami?" Paisley tanzte wie ein Schaukelpferdchen fröhlich vor und zurück. Im Gegensatz zu meiner Samtpfote war sie ein richtiger Dreckspatz. Schon mehr als einmal hatte ich sie in unserer Waschküche vorgefunden, wo sie sich mit unsäglicher Begeisterung in einem Schmutzwäschehaufen wälzte.

„Bleib erst mal auf Seite. Ich möchte nicht, dass wir dir mit der Schaufel wehtun."

Für einen Augenblick schaute sie mich enttäuscht an. Sie schien nicht zu verstehen, wie klein und verletzlich sie war und wie rasch sie in Gefahr geraten konnte, selbst in alltäglichen Situationen. Dennoch wollte ich sie nicht völlig von unserer Mission ausschließen.

„Wenn wir mit dem Graben fertig sind, kannst du uns helfen, die Sachen herauszuholen", schlug ich ihr mit überschwänglicher Stimme vor. „Abgemacht?"

„Abgemacht", bellte sie und hoppelte die Verandastufen hinauf. Sie konnte kaum in einer geraden Linie laufen, da sie so heftig mit dem Schwanz wedelte. Nachdem sie es geschafft hatte, sich neben ihrem Katzenfreund zu setzen, klopfte ihr Schwänzchen weiter stakkatoartig gegen die Dielen.

Als ich mich wieder unserer Ausgrabung zuwandte, stellte ich überrascht fest, dass der Erdhaufen neben Charles bereits deutlich größer geworden war, und ich hatte noch gar nichts dazu beigetragen. Ich hob meine Schaufel an, um loszulegen, doch Charles stoppte mich abrupt.

„Nimm die Taschenlampe und sieh nach, was du da unten erkennen kannst", sagte er und schaufelte noch etwas Erde aus dem Weg.

Suchend schaute ich mich nach der Taschenlampe um, bis ich sie unweit von uns im Gras entdeckte. Ich ergriff sie mit beiden Händen und schaltete sie ein. Die Dämmerung hatte bereits eingesetzt. In einer halben Stunde würde der Himmel völlig dunkel sein. Wir mussten uns beeilen. Ich hatte keine Ahnung, wann Pringle zurückkommen würde, aber er besaß uns gegenüber den Vorteil, dass er im Dunkeln sehen konnte und sich hier überall bestens auskannte. Und obwohl das auch auf Octocat zutraf, war mit seiner Beteiligung an unserer Aktion wohl nicht mehr zu rechnen.

Vorsichtig näherte ich mich dem verbreiterten Loch. Nicht dass er doch da war und mir gleich eine Ladung Dreck ins Gesicht schmiss. Dann ließ ich mich auf Hände und Knie fallen und legte mich auf den Bauch. Mithilfe der Taschenlampe konnte ich nun zum ersten Mal den größten Teil des Raums unter der Veranda sehen.

„O mein Gott!", entfuhr es mir und dabei vergaß ich, leise zu sein, damit Julie nichts mitbekam. „Das ist ja wie eine Drachenhöhle da unten. Kein Wunder, dass er sich für eine Art sagenumwobenen Ritter hält."

Nicht zu fassen, welche Unmengen der Waschbär auf so engem Raum gehortet hatte. Überall türmten sich kleine Schachteln, unordentliche Papierstapel, Müllreste, Folie und diverser Krimskrams aus unserem Haus. Ich entdeckte ein Kissen, das wir schon seit Wochen vermissten, und sogar eine von Octocats geliebten Teetassen. Oh, darüber würde er sich garantiert aufregen.

„Siehst du meinen Engel?", fragte Julie hinter mir. Ich hatte sie gar nicht kommen hören, aber jetzt, wo sie da war, musste ich mich vorsehen.

Ich schwenkte die Lampe erneut umher und versuchte, mich auf alles zu konzentrieren, was irgendwie glänzte und das Licht einfing. Beinahe hätte ich aufgegeben, denn alles konnte ich aus der Entfernung nicht erkennen, doch dann fiel mir ein kleiner, goldener Schimmer ins Auge.

„Ja! Ja, ich sehe ihn!", rief ich aufgeregt. Je schneller wir Julies gestohlenen Schatz hier rausholen konnten und die Postbotin wieder verschwand, desto besser, sonst würde sie womöglich Wind von meinem Geheimnis bekommen. Ich griff so weit wie möglich in das Loch und angelte nach der kleinen Glasfigur, aber mein Arm war mindestens dreißig Zentimeter zu kurz.

„Paisley", rief ich, „kannst du Mami helfen, den Engel zu holen?"

Übereifrig wie immer kam sie mit einem freudigen Bellen herbeigeflitzt und tauchte sofort in das Loch ab.

Ich streckte den Arm aus und zeigte auf den Glücksbringer. „Genau da. Bring ihn zu Mami!"

Paisley schnappte ihn sich sofort. Sie fand es im Gegensatz zu Octocat nicht schlimm, wenn ich mit ihr so sprach, wie Menschen normalerweise mit Tieren sprechen. Sie war einfach nur glücklich, ein Teil von Grandmas und meinem Leben sein zu dürfen, und stellte uns und was wir taten nie infrage.

„Braver Hund!", lobte ich sie, als sie zu mir zurückkam. „Gut gemacht!"

Charles half mir wieder auf die Beine und Paisley erschien mit der Figur, die sie immer noch fest im Maul hielt.

„Oh, das ist er!", sagte Julie und schniefte abermals, während sie sich bückte, um das heiß geliebte Stück von Paisley entgegenzunehmen. „Das ist mein Engel. Danke schön. Vielen lieben Dank!"

„Tut mir leid, dass das passiert ist. Aber wenn Sie ihn ein bisschen polieren, ist er wieder so gut wie neu", sagte ich und hoffte, dass es wirklich so sein würde.

„Wir müssen eindeutig etwas gegen diesen Waschbären unternehmen", meinte Grandma kopfschüttelnd und mit einem lauten Seufzer.

Für einen Moment standen wir schweigend da, bis ...

Ein Jaulen und Schnattern ertönte, dicht gefolgt von einem wütenden Waschbären. „Mein Zuhause! Was habt ihr mit meinem Zuhause gemacht?", schrie Pringle und hielt sich entsetzt den Kopf mit beiden Vorderpfoten fest.

„Geht zurück!", rief Julie. Sie ließ Pringle nicht aus den Augen, während sie rückwärts zu ihrem Auto stolperte. „Das Vieh könnte Tollwut haben."

„Tollwut?" Pringle ließ sich auf alle Viere zurückfallen und hoppelte hinter Julie her. „Das ist rassistisch, was für eine Frechheit ... Und, hey warte, das ist meins!"

„Halt!", brüllte ich Pringle an, der sich wieder auf

die Hinterbeine erhoben und Anstalten machte, Julie den Engel aus den Händen zu reißen.

Alle drehten sich erwartungsvoll zu mir um, weil sie wohl dachten, ich wüsste, was zu tun sei, nur leider hatte ich keinen Plan, jedenfalls noch nicht.

„Julie, Sie gehen jetzt besser. Ich rufe Sie später an, dann können wir über alles Weitere sprechen. Zuerst muss ich mich um unseren Waschbärfreund hier kümmern", murmelte ich.

Ich hoffte inständig, dass mein Gebrauch des Wortes „Freund" Pringle milde stimmen würde, denn wir waren noch nicht fertig miteinander.

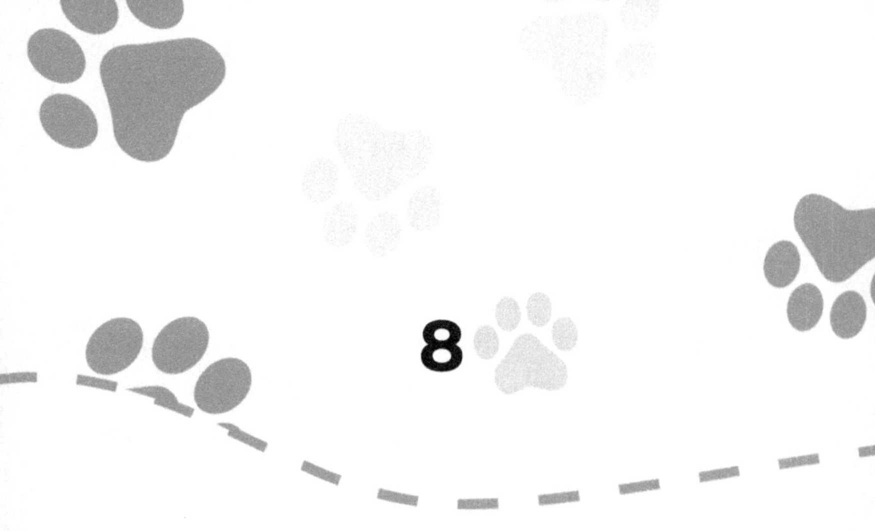

8

ir sahen alle schweigend zu, wie Julie das Weite suchte. Ich konnte es ihr nicht verübeln, dass sie dem Drama, das sich in meinem Vorgarten abspielte, entkommen wollte. Die arme Frau wurde des Postdiebstahls und der Sachbeschädigung beschuldigt, man hatte ihr ihren Glücksbringer direkt aus dem Auto gestohlen, und zu allem Überfluss wurde sie auch noch von einem wild gewordenen Waschbären gejagt.

Was die meisten Menschen wohl als Horrortag bezeichnet hätten, war für mich hingegen einfach ein weiterer Tag in meinem verrückten, von Viechern erfüllten Leben – und der war noch nicht annähernd vorbei.

Pringle drehte sich zu mir um, seine dunklen Augen voller Zorn. „Hey, Lady. Du hast mir einiges zu erklären."

„Ich?" Endlich konnte ich ihn anschreien, ohne dass jemandem etwas auffallen würde. „Du bist derjenige, der sich meine Flyer und Julies Engel gekrallt und anscheinend auch die halbe Nachbarschaft ausgeplündert hat."

Pringle schnalzte mit der Zunge und starrte mich mit gerümpfter Nase an. „Hatten wir das mit den Flyern nicht schon ausdiskutiert?"

„Nein, hatten wir nicht! Warum nimmst du immer alles mit, was nicht niet- und nagelfest ist?" Mich schauderte es bei der Vorstellung, was er womöglich noch so anstellen könnte. „Müssen wir jetzt anfangen, alles vor dir abzuschotten?"

Pringle sah mich mit einem teuflischen Grinsen an. „Das kannst du ja versuchen, aber ich habe passendes Werkzeug."

Meine Güte! Er konnte lesen, mit Werkzeug umgehen und in Autos einbrechen. Gab es irgendetwas, das diese verrückte Kreatur nicht konnte?

„Hör auf, mein Leben durcheinanderzubringen", zischte ich ihn mit zusammengebissenen Zähnen an.

Er taumelte einen Schritt zurück. „Ich bringe dein

Leben durcheinander? Hör mal, Missy, ich war vor dir hier, vergiss das nicht."

„Ähm, Angie, Liebes?" Grandma kam mir in dem Moment wie gerufen, denn auf seine letzte zynische Bemerkung hatte ich keine Antwort parat. „Wollt ihr beiden euch lieber unter vier Augen unterhalten?"

„Nein, schon gut", antwortete ich kopfschüttelnd.

„Doch, das wäre sicher das Beste", erwiderte Pringle. „Wenn wir das schon ausdiskutieren, will ich lieber keine Zeugen haben."

Ich schluckte schwer und starrte ihn ungläubig an. „Hast du mir gerade gedroht?"

Er zuckte lässig mit den Schultern. „Vielleicht. Ja und, was willst du jetzt dagegen machen?"

Paisley stürzte herbei und kickte ihre Hinterpfötchen wütend in die Luft, was eher wie ein scharrendes Huhn wirkte. „Niemand tut meiner Mami weh!"

„Entspann dich, du halbe Portion. Ich werde ihr nicht wehtun", wies er den Hund zurecht. „Obwohl, vielleicht sollte ich das, wenn ich bedenke, was sie mit meinem schönen Haus gemacht hat. Es liegt in Trümmern!"

„Jetzt mach mal halblang. Du lebst buchstäblich im letzten Loch", murmelte Octocat.

Pringle sank in sich zusammen und schüttelte

ungläubig den Kopf. „Das hat mich tief getroffen, Octavius. Sehr tief."

„Vielleicht solltet ihr doch besser gehen", wandte ich mich an Grandma, da Pringle und ich mit unserem Gespräch so offenbar nicht weiterkamen. Wir mussten das in Ruhe besprechen, ohne dass meine Katze ihn verspottete oder mein Hund ihn bedrohte. Und ich wollte diese unangenehme Geschichte, von der mir schon ordentlich der Kopf dröhnte, jetzt gerne schnellstmöglich hinter mich bringen. „Nimm Paisley und Octocat auch mit."

Charles drückte mir aufmunternd die Schulter, bevor er den überdrehten Chihuahua auf den Arm nahm. „Lasst uns gehen, Leute", sagte er.

„Wir sind noch nicht fertig!", quietschte Paisley mit ihrer niedlichen und so gar nicht furchterregenden Stimme. „Es ist noch längst nicht vorbei!"

„Pst, Kleines. Beruhige dich", gurrte Grandma.

Und gemeinsam gingen sie alle zurück ins Haus, wobei die Tiere sich sträubten, mich mit dem durchgeknallten Waschbären allein zu lassen.

„Warum klaust du ständig Sachen?", fragte ich Pringle barsch, nachdem wir unter uns waren und ich mit verschränkten Armen vor ihm stand.

„Ich klaue nicht." Er hielt inne und rollte mit den Augen, als ob er es mit dem größten Idioten unter der

Sonne zu tun hätte, was ich ziemlich frech von ihm fand. „Sieh mal, es ist einfach die Macht des Schicksals. Ich stehle keine Dinge. Ich erhebe Anspruch auf sie im Namen von Pringle."

„Wo ist da der Unterschied?" Glaubte er wirklich, er könne von etwas Besitz ergreifen wie einst die Eroberer und Kolonialherrscher und damit seine Verbrechen rechtfertigen? Wenn das so weiterging, würde es eine lange Nacht werden.

„Hör mal, ich bin kein Dummkopf. Ich habe eure Geschichtsbücher gelesen. Ich weiß alles darüber, wie dieses Land gegründet wurde, und ich finde, die hatten damals eine coole Strategie. Diese Typen wollten mehr Land, also haben sie es sich genommen. Ich wollte mehr Schätze, also habe ich sie mir genommen. Na und?"

„Wir befinden uns aber nicht mehr im Zeitalter der Entdeckungen", konterte ich ungläubig. „Und es ist nicht in Ordnung, sich Dinge ohne Erlaubnis einfach zu nehmen, und das war es schon damals nicht."

„Oh, tut mir echt leid. Ich wusste nicht, dass sich die Regeln geändert haben, je nachdem, für wen sie gelten."

Das Schlimmste war, dass Pringle irgendwie recht hatte mit seinen Argumenten, dass sich die

Menschen oft vieles zu ihrem eigenen Vorteil ausleg-
ten. Egal, was ich jetzt sagte, es würde mich blöd
dastehen lassen, und ich wollte mich auch nicht so
aufplustern.

Zum Glück ergriff Pringle erneut das Wort:
„Wenn du schon so ein Spielverderber bist, dann
nimm den ganzen bescheuerten Menschenmüll
wieder mit. Ich habe sowieso nicht gefunden,
wonach ich gesucht habe."

Das war mir neu.

„Wonach hast du denn gesucht?", fragte ich
tonlos, jetzt mehr neugierig als verärgert.

Der Waschbär streckte seine Händchen wie ein
Tänzer in den dämmrigen Himmel. „Geheimnisse",
flüsterte er pathetisch.

Jetzt war ich völlig irritiert. „Wie meinst du das?"

„So, wie ich es gesagt habe. Die Storys, die man
liest und im Fernsehen sieht, sind schön und gut,
aber das ist doch alles nur fingiert, alles erfunden.
Das wahre Leben ist doch viel interessanter, echte
Dramen, meine ich. Findest du nicht auch?"

„Ähm, verstehe ich nicht ganz", antwortete ich
und musste dabei schwer schlucken.

„Ich spreche von Geheimnissen, meine Liebe."
Pringle hob eine Augenbraue und schüttelte den
Kopf. „Ist das so schwer zu verstehen?"

Ich hatte fast Angst, die nächste Frage zu stellen, konnte sie aber nicht unterdrücken: „Welche Geheimnisse hast du da unten bei dir versteckt?"

„Die meisten sind vergleichsweise harmlos. Die MacIntyres haben ihre letzten Stromrechnungen nicht bezahlt. Ein Junge, der unweit von hier wohnt, hat eine Anzeige wegen Ladendiebstahls bekommen. Nichts Weltbewegendes. Na ja, meistens jedenfalls."

In dieser Sekunde machte es bei mir klick. „Du hast also auch die ganze Post entwendet?"

„Natürlich, wer sonst?" Anscheinend hielt er mich für unglaublich begriffsstutzig und gestikulierte ausladend mit den Händen.

Aber ich hatte noch mehr Fragen. „Und warum hast du die Briefkästen demoliert?"

Er zuckte mit den Schultern. „Schien mir zu dem Zeitpunkt eine gute Idee zu sein. Willst du nicht nach meinem größten Geheimnis fragen, das ich enthüllt habe?"

Das ließ mich erzittern. Ja, neugierig war ich jetzt schon, aber wenn ich Interesse zeigte, würde ich Pringle womöglich den Eindruck vermitteln, dass sein schlechtes Verhalten gerechtfertigt gewesen sei, und das wollte ich nicht. „Ich mag eigentlich keinen Klatsch, also nein, vielen Dank."

„Zu schade", meinte der Waschbär süffisant grinsend. „An deiner Stelle würde ich es wissen wollen."

„Was wissen wollen?", fragte ich und hasste mich dafür, dass ich ihm direkt in die Karten gespielt hatte.

Er begab sich auf alle Viere und hoppelte nah an mich heran. Dann legte er eine Hand auf meinen Schuh und musterte mich aufmerksam. „Dass die eine Person, der du am meisten vertraust, dich dein ganzes Leben lang belogen hat."

Nein. Unmöglich. Das konnte nicht sein.

Warum hörte ich mir das überhaupt an? Offensichtlich wollte Pringle nur Unruhe stiften, und dennoch ...

„Grandma?", fragte ich mit bebender Stimme.

Pringle nickte mit ernster Miene. „Sie hütet ein Geheimnis, das jetzt keines mehr ist."

9

Wenn ich Pringles Worten Glauben schenkte, trug meine Großmutter eine Art altes, düsteres Geheimnis mit sich herum, das alles verändern würde. Der Waschbär hatte sich zwar als Dieb entpuppt, aber war er auch ein Lügner?

Ich hätte einfach gehen und mir das nicht anhören sollen, aber ich konnte nicht anders, und jetzt fragte ich mich natürlich, ob er die Wahrheit sagte.

Pringle legte eine Hand auf mein Bein und tätschelte es mehrfach. „Na, na, Prinzessin. Ich sehe doch, dass du dir das zu Herzen nimmst und noch nicht so recht weißt, ob du mir glauben sollst oder nicht. Ich werde dir mal einen kleinen Hinweis geben.“

Er schlüpfte unter die Veranda und kam nur wenige Sekunden später mit einem alten Umschlag in der Hand wieder heraus, den er mir hinhielt. „Sei vorsichtig damit. Ich möchte nicht, dass du schmutzige Fingerabdrücke darauf hinterlässt oder das beste Geheimnis, das mir je untergekommen ist, anderweitig befleckst.“

Meine Hände zitterten, als ich den dünnen Brief entgegennahm. Wie es schien, war er in der Höhle bereits ziemlich dreckig geworden, und ich konnte mir nicht vorstellen, dass ich das noch schlimmer machen könnte. Der Umschlag war an der Oberseite aufgerissen, und im Inneren befand sich ein einzelnes, gefaltetes Blatt Papier, das vergilbt wirkte.

Dorothy Loretta Lee stand dort in einer engen, schnörkellosen Schrift und in der oberen Ecke nur eine Adresse irgendwo in Georgia, kein Name des Absenders. Als ich ihn aus der Nähe betrachtete, hatte ich keinen Zweifel an der Echtheit des Briefes.

„Lies ihn“, drängte der Waschbär und beobachtete mich prüfend aus glänzenden Augen.

„Woher hast du das?“. Ich fühlte mich nicht bereit für diese Geschichte und bezweifelte, dass ich es je sein würde.

„Aus den Sachen deiner Großmutter", antwortete er und nickte langsam. „Vor ein paar Wochen beobachtete ich, wie sie auf den Dachboden stieg, und dann fiel mir das Loch im Dach ein, mein Privateingang."

„Moment mal. Da ist ein Loch in meinem Dach?"

„Darum geht es doch jetzt nicht." Er hielt inne, vermutlich um abzuwarten, ob ich noch weitere irrelevante Fragen stellen würde. „Jedenfalls kletterte ich durch das Loch im Dach, fand jedoch nichts Interessantes. Also habe ich deine Großmutter beobachtet und gewartet. Schließlich kehrte sie zurück und schob etwas in ein Geheimversteck in der Wand, hinter ein Brett am Boden."

„Eine Fußleiste?", flüsterte ich und bereute die Frage. Warum musste ich mich jetzt in Details verstricken?

„Ja, so was halt. Die Sache ist die, wenn man dagegen tritt, löst sie sich, und dahinter ist ein Loch. Ich habe dort auch eine Menge hübscher bunter Papiere mit Zahlen drauf gefunden."

„Papiere mit Zahlen drauf?" Ich schnappte nach Luft. Er meinte doch nicht etwa ...? „Würdest du sie mir zeigen?"

„Klar doch, Baby." Pringle kroch zurück unter die Veranda. Dieses Mal dauerte es etwas länger. So sehr es mich auch reizte, den Brief zu lesen, konnte ich mich noch nicht dazu durchringen, mich den unbekannten Tatsachen zu stellen. Würde ich meine geliebte Grandma immer noch mit den gleichen Augen sehen können, wenn ich ihr Geheimnis erfahren hatte?

Der Waschbär kam mit einem riesigen Bündel Scheine im Arm zurück. Hundertdollarscheine.

„Hübsch, nicht wahr?", fragte er lächelnd. „Die Form ist zwar etwas ungünstig, aber ich dachte, sie könnten schöne Papierkraniche ergeben, wenn ich mit meinem Origami angefangen habe."

„Gib mir das", forderte ich ihn auf und griff nach dem Geld. „Das stammt aus Grandmas Versteck auf dem Dachboden?"

„Ja, es lag dort zusammen mit dem Brief und einigen anderen Zetteln. Aber die waren langweilig." Er neigte seinen Kopf nachdenklich zur Seite. „Na ja, alle außer einem."

„Kann ich ihn sehen?", fragte ich, um den Moment der Wahrheit noch etwas hinauszuzögern.

Pringle schüttelte den Kopf und schnalzte mit der Zunge. „Wie wäre es, wenn du jetzt erst den Brief liest, hm? Ich will ihn danach zurückhaben, also los."

Er hatte recht. Ich konnte mich nicht länger drücken. Nervös griff ich in den Umschlag, zog den alten Brief heraus und versuchte, die zerknitterten Stellen glatt zu streichen, bevor ich ihn in den trüben Schein der Verandabeleuchtung hielt.

„Sei vorsichtig damit. Er ist wichtig für mich", zischte Pringle, aber ich hatte ihn bereits ausgeblendet und mich in den Worten verloren.

Liebe Dorothy,

Der Brief richtete sich also tatsächlich an meine Großmutter. Ich holte tief Luft und zwang mich weiterzulesen.

Ich weiß, dass es falsch war, was ich dir angetan habe und dass du mir wahrscheinlich nie verzeihen wirst. Du bist mir nichts schuldig, aber ich habe niemanden mehr, an den ich mich wenden kann.

Das hörte sich furchtbar an. Was hatte der Verfasser getan? Und wenn es so schlimm war, warum hatte sie diesen Brief all die Jahre aufbewahrt? Ich nahm mir vor, Grandma auf jeden Fall danach zu fragen, aber zunächst musste ich erfahren, was es mit diesem kurzen aber offenbar gravierenden Schreiben auf sich hatte . Also las ich weiter.

Bestrafe die kleine Laura nicht für meine Fehler.

Laura – so hieß meine Mutter. Könnte sie die „kleine Laura" sein, um die es ging? Ach du meine Güte. Was war geschehen? Was hatte das zu bedeuten?

Ermögliche ihr ein besseres Leben, das Leben, von dem wir beide immer geträumt haben.

Ach du liebe Zeit. Beinahe hätte ich an dieser Stelle aufgehört, aber es war zu spät. Die Katze war schon halb aus dem Sack. Jetzt konnte ich sie auch gleich ganz rauslassen.

In zwei Wochen habe ich Urlaub und komme nach Hause. Dann werde ich am Donnerstagabend an unserem Ort auf dich warten.

Ein geheimes Treffen. Ob es damals stattgefunden hatte? Wenn ja, was war passiert? Was hatte er gewollt? War es überhaupt ein Er? Es schien so, denn da war ja dieser Hinweis auf das Leben, von dem sie gemeinsam geträumt hatten. Es folgte eine letzte kurze Zeile, bei der mir die Tränen in die Augen stiegen.

Ich bitte dich inständig. Bitte komm.

W. McAllister

Nachdem ich nun alles gelesen hatte, fühlte ich mich noch verwirrter. Wer war dieser W. McAllister und was für eine Verbindung gab es zwischen ihm und meiner Großmutter? Kannte er meine Mutter? War sie die Laura in dem Brief?

„Das hier habe ich auch gefunden." Pringle hielt ein weiteres Schreiben hoch und reichte es mir.

Offenbar hatte er es hervorgeholt, während ich in den Brief vertieft war.

Es handelte sich offensichtlich um ein offizielles Dokument. Es besaß eine aufwendige, farbige Umrandung und ich erkannte sofort, dass es sich um eine Geburtsurkunde handelte.

Die Mutter hieß Marilyn Jones, der Vater William McAllister, wahrscheinlich jener W. McAllister, der den Brief an Grandma geschrieben hatte. Der Geburtsort war dieselbe, mir nicht bekannte Stadt in Georgia, und das Baby trug den Namen Laura – den Namen meiner Mutter.

Auch das Geburtsdatum stimmte mit dem meiner Mutter überein. Das musste sie sein.

Bedeutete das, dass Grandma nicht ihre leibliche Mutter war?

Und also auch nicht meine leibliche Großmutter?

Und warum in Georgia? Sie hatte oft von ihren schönen Kindheitserinnerungen in den Südstaaten erzählt, aber behauptet, aus South Carolina zu stammen.

Nicht Georgia, das war nie Thema.

Und welche Lügenmärchen hatte sie mir noch im Laufe der Jahre aufgetischt?

O mein Gott, wusste meine Mutter etwas davon?

Wenn nicht, wäre sie sicher am Boden zerstört, wenn sie es jetzt erfahren würde. Sollte ich es ihr sagen? Oder noch abwarten, bis ich mehr herausgefunden hatte?

Tausend Fragen wirbelten in meinem Kopf herum, und da ich diesen William McAllister sicher nicht so schnell ausfindig machen würde, gab es nur einen Menschen, dem ich sie stellen konnte.

Ich stampfte ins Haus, den Brief und die Geburtsurkunde in der Hand, um Großmutter zur Rede zu stellen und die Wahrheit ans Licht zu bringen.

10

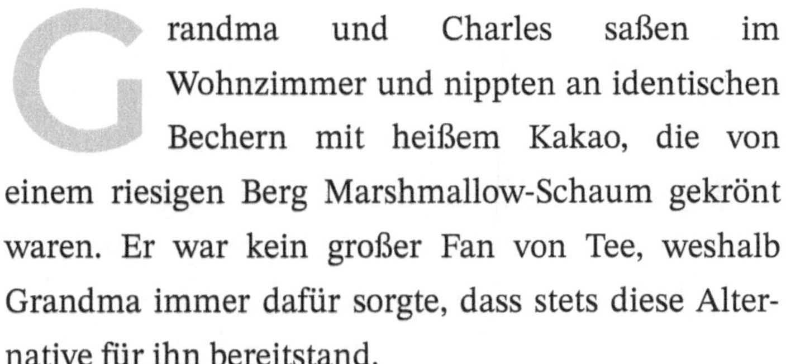

Grandma und Charles saßen im Wohnzimmer und nippten an identischen Bechern mit heißem Kakao, die von einem riesigen Berg Marshmallow-Schaum gekrönt waren. Er war kein großer Fan von Tee, weshalb Grandma immer dafür sorgte, dass stets diese Alternative für ihn bereitstand.

Paisley hatte sich an Grandmas Seite gekuschelt, während Octocat auf seinem Lieblingsplatz saß und aus dem Fenster schaute. Höchstwahrscheinlich hatte er mich die ganze Zeit im Auge behalten.

Die Szene in unserem Wohnzimmer wirkte so gemütlich und alle sahen so zufrieden aus, dass ich mich fast schlecht fühlte, dort hineinzuplatzen. Doch dann rief ich mir in Erinnerung, dass ich allen Grund dazu hatte, weil ich betrogen und belogen worden war. Und zwar unfassbarerweise mein ganzes Leben lang.

Kaum eingetreten, blieb ich wie angewurzelt stehen, und meine Hände, in denen ich die Geburtsurkunde und den Brief hielt, zitterten. Wo sollte ich nur anfangen?

„Hey! Du kannst dir doch nicht einfach die Sachen anderer Leute nehmen, ohne zu fragen!", hörte ich Pringle im Foyer schimpfen. Offenbar war er mir trotz seines Hausverbots nach drinnen gefolgt. Das holte mich aus meiner Schockstarre heraus.

Ich drehte mich blitzartig zu ihm um, sodass er vor Schreck zurückwich. „Willst du mir jetzt wirklich einen Vortrag über Anstand halten?", fuhr ich ihn verärgert an, eine Hand in die Hüfte gestemmt. „Du kannst ja wohl nicht von anderen etwas erwarten, dich dann aber selbst nicht daran halten."

Charles stellte seine Tasse auf den Couchtisch und näherte sich mir vorsichtig. „Angie, ist alles in Ordnung, Schatz?"

„Nein, ist es nicht!" Ich war wütend und hasste mich dafür, dass ich ihn in diesem Moment anschrie. Nichts davon war seine Schuld. Oder die von Octocat.

Oder Paisley. Und eigentlich auch nicht die von Pringle.

„Was hast du da, Liebes?", fragte Grandma, die noch immer in ihrem Lieblingssessel saß. Das war sie, die Verursacherin des Schmerzes, der mir beinahe das Herz zerriss. Dieselbe Frau, die mir als Kind beigebracht hatte, wie wichtig Ehrlichkeit ist, und die mich dennoch mein ganzes Leben lang belogen hatte.

„Keine Ahnung. Warum sagst du es mir nicht?" Ich ging zu ihr hinüber und ließ beide Zettel in ihren Schoß fallen.

Meine Großmutter erstarrte. Es schien, als ob sogar ihr Herz für einen Moment aufhörte zu schlagen, bevor sie die Papiere langsam von ihrem Schoß nahm und auf den Tisch legte. „Ich habe keinen blassen Schimmer", sagte sie, woraufhin sie wie in Trance in die Küche ging, die beiden Tassen in die Spüle stellte und sich dann in Richtung Treppe bewegte.

„Oh, nein!", rief ich und stürmte hinter ihr her. „Ich lasse dich jetzt nicht einfach so gehen! Was ist das, und warum weiß ich nichts davon? Weiß Mama davon?"

Grandma stieg ohne ein weiteres Wort und ohne Eile die Stufen hinauf, als wäre ich gar nicht da.

„Hey, warum antwortest du mir nicht?" Ein neuer Tränenschwall stieg in mir hoch.

Ehe Grandma ihre Zimmertür erreichte, drehte sie sich zu mir um. Leise und ohne eine erkennbare Regung sagte sie: „Es tut mir leid, Liebes, aber ich fühle mich auf einmal nicht so gut. Ich denke, ich gehe besser ins Bett. Gute Nacht."

Bevor ich noch etwas sagen konnte, schlüpfte sie in ihr Zimmer und zog die Tür hinter sich zu. Weiterhin geschockt von dem, was ich erfahren hatte, und noch mehr von der Tatsache, dass meine ansonsten stets gesprächsbereite Großmutter sich weigerte, mit mir zu reden, drückte ich die Klinke hinunter.

Aber sie hatte abgeschlossen.

Ausgesperrt von meiner eigenen Großmutter!

Wütend hämmerte ich gegen das Holz. „Du wirst irgendwann mit mir darüber reden müssen!", schrie ich die Tür an.

Eine warme Hand streifte meinen Arm und ließ mich zusammenzucken.

„Komm schon", sagte Charles und führte mich sanft zurück zur Treppe. „Ich glaube, ihr könntet beide jetzt etwas Abstand gebrauchen, um die Dinge sacken zu lassen."

„Hast du es gelesen?" Tränen strömten nun

unaufhaltsam über mein Gesicht. „Hast du den Brief gelesen?"

Er nickte und presste die Lippen aufeinander.

„Was glaubst du, bedeutet das?", stammelte ich, weil ich die Frage kaum ertrug.

„Ich möchte nicht mutmaßen." Seine Stimme blieb sanft und beruhigend. „Es wäre das Beste, es direkt von Grandma zu hören."

Ich lachte bitter auf. „Nun ja, sie scheint nicht gerade scharf darauf zu sein, mit mir zu reden. Meinst du, das bedeutet, dass sie nicht meine richtige Großmutter ist?"

„Natürlich ist sie deine richtige Großmutter. Sie hat dich großgezogen. Sie war dein ganzes Leben lang für dich da. Der Brief – und was auch immer dahintersteckt – ändert nichts daran."

„Aber was ist mit meiner Mutter? Ist sie die Laura auf der Geburtsurkunde? Ist es das, worum es in dem Brief geht? Hat ihr Vater sie aus irgendeinem Grund zu Grandma gegeben? Und weiß ihre richtige Mutter überhaupt, was mit ihr passiert ist?" Es war alles zu schrecklich, um auch nur darüber nachzudenken. Leider konnte ich genau damit nicht mehr aufhören.

Charles setzte sich auf die Couch und breitete einladend die Arme aus. „Ich weiß, das ist alles im Moment verwirrend und beunruhigend für dich, aber ich bin sicher, dass alles gut wird. Was auch immer es damit auf sich hat, es ändert nichts daran, wer deine Großmutter ist und wer du bist."

Wütend lachte ich auf. „Wenn es keine große Sache ist, warum hat sie es dann all die Jahre geheim gehalten? Und warum weigert sie sich jetzt, darüber zu sprechen?"

„Ich weiß es nicht, Süße, aber ich werde hier sein, um dir zu helfen, Antworten auf deine Fragen zu finden." Er drückte mir einen warmen Kuss auf die Stirn.

„Ich kann das nicht", schluchzte ich, und in dem Moment verflog mein ganzer Groll.

Charles umarmte mich noch fester. „Was meinst du damit, du kannst das nicht? Du bist Angie Russo, die Tierflüsterin und Privatdetektivin, die Frau, die ihren ersten offiziellen Fall in weniger als einer Stunde gelöst hat. Das ist ziemlich unglaublich."

O ja, Julies Fall war wohl aufgeklärt. Pringle hatte schließlich zugegeben, die Post gestohlen und die Briefkästen beschädigt zu haben. Ich musste mir nur etwas einfallen lassen, das er spannender als Postgeheimisse fand, und er würde bestimmt damit aufhören.

Fall gelöst. Yay!

Ich versuchte zu lächeln, doch es gelang mir

nicht, im Gegenteil. Charles hielt mich weiter im Arm, während ich in sein Hemd weinte.

Diejenige Person, der ich auf der ganzen Welt am meisten vertraute, hatte mir etwas von unfassbarer Tragweite verheimlicht. Wenn ich mich nicht einmal darauf verlassen konnte, dass sie ehrlich zu mir war, auf wen konnte ich dann überhaupt noch zählen?

Charles streichelte mir übers Haar und gab beruhigende Laute von sich, die mich daran erinnerten, dass es wenigstens einen Menschen gab, der mir zur Seite stand, egal was passierte.

Octocat sprang neben mich auf die Couch und leckte mir zärtlich die Hand. Okay, ein Mensch und eine Katze – und wahrscheinlich auch ein Hund. Obwohl Paisley in diesem Moment ganz sicher damit beschäftigt war, Grandma zu trösten.

Ich fuhr mit meinen Fingern durch das seidige Fell des kleinen Tigers und seine Freundschaft erschien mir in diesem Moment kostbarer denn je.

„Angela, ich sehe, dass du ziemlich mitgenommen bist", murmelte er, und ich dachte, wie vertraut wir uns doch geworden waren, seitdem das Schicksal uns zusammengeführt hatte. „Heißt das, wir haben kein Evian mehr?"

Er schaffte es immer wieder, die Dinge in ein ganz neues Licht zu rücken.

„Nein. Keine Sorge", sagte ich mit einem leisen Lachen und fühlte mich schon etwas besser. „Wir haben genug Evian."

Ich kraulte ihn zwischen den Ohren und erhob mich von der Couch. Ein schönes kühles Glas Evian würde uns jetzt allen guttun.

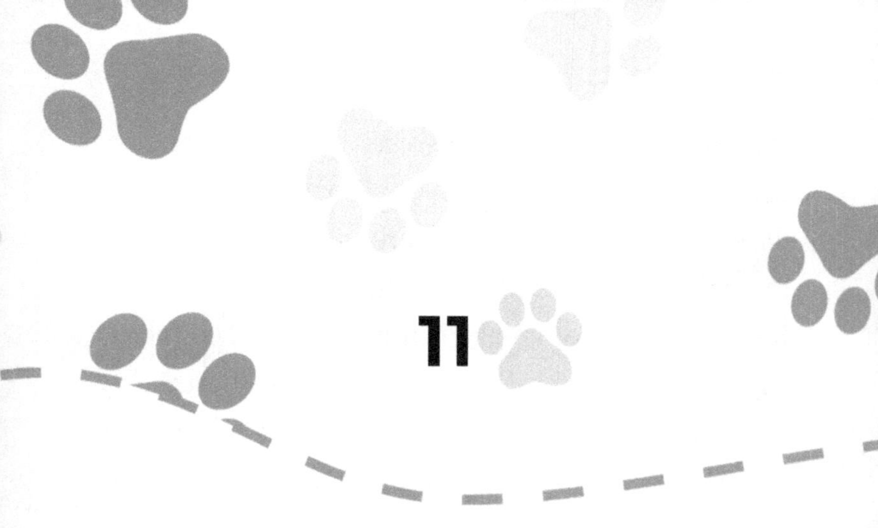

11

Ein Schlummertrunk war das perfekt gekühlte Evian für mich leider trotzdem nicht. Ich konnte ewig nicht einschlafen, und irgendwann in den frühen Morgenstunden gab ich es auf. Ich schälte mich aus dem Bett und sah nach, ob Grandma schon wach war.

Oh, sie war nicht nur schon wach ...

Sie war auch schon weg – und mit ihr Paisley, deren unerschütterlicher Optimismus mir jetzt fehlte, denn ich wusste, dass es ein harter Tag werden würde.

Na ja, Grandma und Paisley würden wohl nicht für immer fort sein. Irgendwann mussten sie ja zurückkommen. Irgendwann würde die Frau, die vielleicht gar nicht meine richtige Großmutter war, mir Antworten geben müssen. Schließlich hatte Pringle mir unstrittige Beweise dafür geliefert, dass in unserer Familie so einiges im Argen lag, was die Vergangenheit anbelangte. Es beunruhigte mich zutiefst, dass Grandma irgendwelche skandalösen Ereignisse hartnäckig zu verbergen versucht hatte, obwohl ich als die nächste Generation davon gar nicht mehr direkt betroffen war.

Octocat hockte auf dem Küchentisch und wartete auf mich. Grandma mochte es gar nicht, wenn er sich dort oder auf den Küchenarbeitsflächen herumtrieb, aber heute hatte ich nun wirklich keine Lust, ihn darauf hinzuweisen.

„Guten Morgen, Angela", sagte er und blickte auf seine leere Futterschale. „Du kommst genau richtig für meine Morgenmahlzeit."

„Dann komm", sagte ich leise, tappte zur Speisekammer und holte eine Dose seines Gourmet-Katzenfutters, Fancy Feast, heraus. Außerdem nahm ich eine saubere Teetasse seines guten Geschirrs, mit passender Untertasse, aus dem Schrank, denn mein Kater weigerte sich strikt, sein Essen und sein Wasser aus anderen Schalen zu sich zu nehmen. Nachdem ich beides auf den Boden gestellt hatte, holte ich sein Evian aus dem Kühlschrank und goss es in die filigrane Porzellantasse, bis sie genau zu drei Vierteln gefüllt war.

Seitdem wir zusammenlebten, hatte er den Geschmack von gekühltem Wasser zu schätzen gelernt, und ich hatte gelernt, seine mitunter lächerlichen Standards und unumstößlichen Routinen nicht infrage zu stellen.

„Vielen Dank", murmelte er, bevor er sich wie ausgehungert über sein Essen hermachte.

Ich holte mir eine Cola Light aus dem Kühlschrank, da Grandma nicht da war, um Kaffee zu kochen, und ich hatte keine Lust, mich so früh am Morgen mit meiner tief verwurzelten Angst vor einem Stromschlag auseinanderzusetzen.

„Also, was steht heute auf dem Plan?", fragte mein Kater, wobei er jedes Wort betonte, wie er es oft tat, wenn er in Stimmung war – normalerweise morgens nach seinem Fancy-Feast-Frühstück.

Seine Frage gab mir einen Moment zu denken. Natürlich wusste ich bereits genau, was wir zu tun hatten, aber die Aussicht darauf gefiel mir so gar nicht. Ihm würde es wahrscheinlich auch nicht gefallen, doch was du heute kannst besorgen …

Ich zwang mich zu einem Lächeln. „Wir müssen mit Pringle sprechen und überlegen, wie wir ihn dazu bringen können, uns zu helfen."

Octocat stöhnte und hielt es nicht für nötig, seinen Unmut darüber zu verbergen. „Müssen wir das?"

„Ja, ich denke, so finden wir am schnellsten heraus, was Grandma vor uns versteckt, und sie scheint ja nicht darüber reden zu wollen."

„Ich fand es etwas seltsam, dass sie sich heute Morgen so flugs davongemacht hat.", meinte er mit tiefer, rauer Stimme und gesenktem Blick. „Sie hatte noch nicht einmal Zeit, mich kurz zur Begrüßung zu streicheln."

Der arme Kerl. Nichts hasste er mehr, als ignoriert zu werden, wenn er Aufmerksamkeit wollte. Natürlich hatte ihn das nie davon abgehalten, mich zu ignorieren, wenn es ihm gerade passte. Mit einer gewissen Doppelmoral muss man als Katzenbesitzer leben, das hatte ich schon vor langer Zeit akzeptiert.

„Grandma war zwar schon immer etwas schräg, dennoch stets ehrlich und aufrichtig. Zumindest dachte ich das bislang." Seufzend nahm ich einen Schluck von der Cola. Mein Kater mochte verletzt sein, weil Großmutter ihn heute Morgen nicht beachtet hatte, aber ich war auch verletzt – und hatte nach meinem Empfinden deutlich triftigere Gründe dafür.

Octocat musterte mich aus seinen großen, bernsteinfarbenen Augen. „Die Sache hat dich schwer getroffen, was?"

Ich nickte seufzend. „Das kann man wohl laut sagen."

Er stöhnte auf als leide er unter Höllenqualen. „Angela, das geht so nicht. Lass uns den Waschbären aufwecken und es hinter uns bringen." Mit hoch erhobenem Schwanz verließ er die Küche und schlüpfte durch seine elektronische Katzenklappe nach draußen.

Oh, meine Samtpfote liebte mich wirklich. Manchmal hatte ich zwar Zweifel daran, wenn er wieder einmal seine Launen an mir ausließ und an fast allem herumnörgelte, aber heute stand er voll hinter mir, bereit, sich für mich aufzuopfern, um mein schwer angeschlagenes Seelenleben wieder in Ordnung zu bringen. Mir wurde ganz warm ums Herz.

Als ich mich auf der Veranda zu ihm gesellte, deutete er mit einer Pfote auf das riesige Loch, das in Pringles Versteck führte. „Dann mal los!"

Langsam näherte ich mich der Höhle und rief ihn mit sanfter, inständiger Stimme: „Pringle?"

„Was willst du?", knurrte der Waschbär von irgendwo unter der Veranda, die er offenbar als sein

Eigentum betrachtete, wobei sie ja eigentlich mir gehörte, was ich wohl nicht vergessen sollte.

„Ich habe mich gefragt, ob du uns helfen könntest, dem Geheimnis auf den Grund zu gehen, das du mir gestern Abend anvertraut hast?", fragte ich vorsichtig.

Stimmungsschwankungen kannte ich ja von meinem Kater, aber die waren nichts gegen die von Pringle, der rasend vor Wut und dann wieder kalt wie Eis sein konnte. Brauchten wir seine Hilfe wirklich? Sollten wir sein unmögliches Verhalten und seine Tricksereien in Kauf nehmen, war es das wert?

Ja, musste ich mir schweren Herzens eingestehen, wir brauchten ihn wirklich. Verflixt noch mal.

Er steckte seinen Kopf aus dem Loch und zog eine Grimasse. „Eigentlich bin ich im Moment ziemlich enttäuscht von dir." Damit hatte ich nicht gerechnet.

„Was? Warum?" Es fiel mir schon schwer genug, ihn um Hilfe zu bitten. Wenn ich jetzt auch noch den halben Vormittag damit verbringen musste, ihn anzubetteln, würden wir überhaupt nicht weiterkommen.

Er rieb sich die Schläfen und blinzelte angestrengt in die aufgehende Sonne. Wenigstens schien auch ihm die ganze Sache Kopfschmerzen zu bereiten.

„Ich habe dir diese Dokumente nicht gegeben,

damit du sie behältst", erklärte er mit müder, aber fordernder Stimme. „Ich wollte sie dir nur zeigen, damit du sie dir anschauen kannst. Und ich werde dir nicht helfen, bis du sie mir zurückgegeben hast. Sie gehören mir."

Octocat kam mit beeindruckendem Tempo herangesaust. „Wie bitte? Gehören diese Papiere nicht vielmehr Grandma? Du hast sie ihr doch gestohlen, oder?"

„So funktioniert das nicht", stöhnte ich und schob Octocat sanft mit dem Fuß zur Seite, obwohl ich wusste, dass er deswegen tödlich beleidigt sein würde. „Es tut mir leid, Pringle. Das war wirklich unhöflich von mir. Ich stand so unter Schock, dass ich es vergessen habe. Ich werde sie sofort für dich holen."

Als ich mit dem Brief und der Geburtsurkunde in der Hand zurückkehrte, wartete Pringle auf der Veranda.

„Gib her!", blaffte er mich an und riss mir die Dokumente aus der Hand, obwohl ich sie ihm gerade reichen wollte. Er klemmte sich beide unter die Achsel und verschränkte die Arme vor der Brust. „Okay, wie kann ich dir helfen? Und fass dich kurz, ich habe viel zu tun."

Ich nickte in Richtung der Dokumente, die aus

seinem grauen Fell ragten. „Die haben uns zwar ein Geheimnis verraten, aber nicht alles. Ich muss auch den Rest wissen. Kannst du mir dabei helfen?"

Er neigte den Kopf zur Seite und seufzte schwer. „Das kommt drauf an."

Octocat fauchte mit aufgestellten Rückenhaaren. „Kommt drauf an? Geht's noch? Hör auf, du pelziger Vollidiot, und hilf uns endlich. Du bist derjenige, der das hier losgetreten hat!"

„Madame, bitte bringen Sie Ihren Kollegen zur Raison." Er schüttelte den Kopf, als ob ihn das alles sehr betroffen machen würde.

„Octocat, ich regele das schon." Ich lächelte ihn entschuldigend an und wandte mich mit ernster Miene wieder dem Waschbären zu. „Bitte Pringle, was wolltest du sagen?"

Dieser stolzierte ein paar Schritte davon, warf mir einen dramatischen Blick über die Schulter zu und musterte mich. „Ich weiß nicht, wie oft du dieser Tage im Wald unterwegs bist und ob es dir schon zu Ohren gekommen ist, aber ich bin nicht nur ein Amateurdetektiv. Ich bin jetzt ein echtes Geschäftstier."

Octocat tickte total aus, als er das hörte. „Das darf ja wohl nicht wahr sein! Er glaubt doch nicht wirklich, dass ..."

Auch wenn es mir schwerfiel, sah ich mich daraufhin gezwungen, meinen Stubentiger durch die Katzenklappe nach drinnen zu schieben und sofort meinen Fuß davorzustellen. „Du hast ein Geschäft?", fragte ich freundlich.

Er nickte eifrig und mit stolzgeschwellter Brust. „Ja, in der Tat. Vor dir steht der Kopf und stolze Inhaber von Pringle Whisperer, P.I. , der garantiert besten Detektei in dieser Gegend."

Ich kniff mir in die Innenseite des Handgelenks, um nicht etwas Bissiges zu erwidern. Ich hatte keine Ahnung, dass dieser dreiste Dieb nicht nur Dokumente und Schmuck, sondern auch Ideen und Geschäftsmodelle stahl. Auch die Andeutung, dass seine Detektei besser sei als meine und Octocats, ärgerte mich maßlos. Dummerweise brauchte ich trotzdem seine Hilfe.

„Glückwunsch!", presste ich hervor und war froh, dass ich Octocat durch die Klappe hineingeschoben hatte, denn sonst würde es jetzt wahrscheinlich eine handfeste Schlägerei geben. „Kann ich dich also damit beauftragen, etwas für mich herauszufinden?"

Er lächelte breit, wobei seine glänzenden, spitzen Zähne aufblitzten. „Natürlich kannst du das, Prinzessin. Aber es wird seinen Preis haben."

„Du willst mir das in Rechnung stellen?", fragte

ich ungläubig, und dabei fiel mir der Stapel von Geldscheinen, die er für Origami verwenden wollte, wieder ein. Er wusste nicht einmal, was er mit Bargeld anfangen sollte, geschweige denn, welchen Wert es besaß, und nahm sich einfach nur alles, was ihm gefiel. „Wozu brauchst du überhaupt Geld?"

Er rieb seinen Daumen und Zeigefinger aneinander. „Kein Geld. Gefälligkeiten."

Das musste ich einen Moment sacken lassen. Als ich Octocat einmal im Gegenzug für seine Kooperation einen Gefallen versprochen hatte, musste ich anschließend diese riesige Villa für ihn kaufen, die zuvor seiner verstorbenen Besitzerin gehörte. Und selbst wenn ich unser neues Haus liebte, war das schon ein hoher Preis dafür, dass er mir nur ein einziges Mal den Gefallen tat, sich in einem billigen Katzengeschirr an der Leine führen zu lassen.

„Also, wie sieht's aus?", fragte Pringle forsch, weil ich immer noch nicht auf sein dubioses Angebot eingegangen war. „Bist du dabei oder nicht?"

Oh, ich würde es bereuen, das war mir schon klar, aber ich wusste auch, dass ich seine Hilfe brauchte, denn je länger mich Grandmas rätselhaftes Geheimnis umtrieb, desto verzweifelter würde ich werden.

„Ja gut." Ich ging in die Hocke und streckte

Pringle meinen Zeigefinger entgegen, den er prompt schüttelte.

„Ausgezeichnet. Dann haben wir einen Deal", meinte er, verschränkte die Arme und grinste durchtrieben.

Wenigstens hatte ich ihn dieses Mal auf meiner Seite. Oder etwa doch nicht?

12

Nach meinem Pakt mit dem manchmal richtig teuflischen Waschbären öffnete ich ihm die Haustür und bat ihn herein.

„Ich bin in meinem ganzen Leben noch nie so gedemütigt worden", brummte Octocat, der offenbar unser gesamtes Gespräch von der anderen Seite der versperrten Katzenklappe aus mitbekommen hatte. „Wie konntest du dich nur auf einen solchen Deal mit diesem Gauner einlassen? Du müsstest es doch besser wissen."

Pringle fletschte die Zähne. „Weißt du, ich habe dich mal gemocht, ja sogar vergöttert. Tse. Wie krank."

„Oh, und jetzt magst du mich nicht mehr oder was? Das tut mir ja so weh", schnauzte mein Kater zurück. Die beiden standen sich bei ihrem verbalen Sparring wirklich in nichts nach. Zu schade, dass sie sich nur miteinander zankten, anstatt sich zusammenzutun.

Ich musste etwas unternehmen, um uns alle wieder auf Kurs zu bringen. Vielleicht, indem ich sie höflich darum bitte?

„Leute, das reicht jetzt", sagte ich mit strengem Blick. „Ob es euch gefällt oder nicht, wir müssen in dieser Sache zusammenarbeiten. Deshalb müsst ihr bitte mit der Streiterei aufhören. Wir sind ein Team!"

„Zumindest hat einer von euch beiden ein bisschen Grips im Kopf", sagte Pringle und warf Octocat einen bösen Blick zu.

Zu meiner großen Überraschung blieb der Kater ruhig, jedoch verriet mir sein wild zuckender Schwanz seine wahren Gefühle.

Ich schenkte ihm ein anerkennendes Lächeln, bevor ich mit dem Plan fortfuhr: „Lasst uns auf dem Dachboden anfangen. Pringle, kannst du mir das Versteck zeigen, das du erwähnt hattest? Das hinter der Fußleiste?"

Er nickte, hielt den Daumen hoch, und ich hätte schwören können, dass er von Tag zu Tag menschlicher wurde. „Sicher. Wir treffen uns da oben", antwortete er.

„Ähm, können wir nicht einfach zusammen hochgehen?" Ich erhob mich und deutete auf die Treppe. „Das ist doch gleich da oben."

Er zog beide Augenbrauen hoch und grinste mich schelmisch an. „Das könnten wir, aber ich ziehe es vor, meinen privaten Eingang zu benutzen. Vergiss nicht, ich bin ein VIP, Schätzchen. Very Important Pringle."

„Bitte stopf mir das Maul", brummte Octocat. So langsam war ich davon überzeugt, dass ich nicht nur Pringle nach dieser ganzen Geschichte etwas schulden würde – für seine unglaubliche Zurückhaltung gegenüber dem unausstehlichen Waschbären verdiente mein Kater einen Orden.

„Geht klar", sagte ich und versuchte, mir meine Anspannung nicht anmerken zu lassen. Ich öffnete dem Waschbären die Haustür, damit er nach draußen huschen konnte, schnappte mir einen Klappstuhl aus dem Abstellraum und schleppte ihn die Treppe hinauf in das Gästezimmer, wo ich Grandma neulich bei ihren Marie-Kondo-Übungen vorgefunden hatte.

„Lass mich dir helfen", bot ich meinem Tiger an, nachdem er das letzte Mal, als er nach oben springen wollte, übel abgestürzt war.

„Willst du mich beleidigen?" Er hüpfte auf den

Stuhl, wackelte mit dem abgesenkten Popo und sprang ohne Probleme durch die Luke.

Auch ich kletterte sodann auf den Stuhl und hangelte mich nach oben, wobei mir ordentlich die Arme weh taten.

Sobald ich sicher auf dem Dachboden saß, schaute ich mich um und war von den hohen Decken überrascht – obwohl diese in Anbetracht der allgemeinen Grandezza meiner Villa wohl nicht verwunderlich waren. Selbst dieser selten besuchte Raum besaß Fußböden aus elegantem Hartholz, und die Wände waren mit einer hübschen grünen Strukturtapete versehen worden. Ein sechseckiges Fenster an der hinteren Wand ließ etwas Tageslicht in den Raum.

Pringle wartete bereits auf uns. „Das hat ja lange genug gedauert.“

„Zeig uns das Versteck“, forderte ich ihn schroff auf, nicht mehr darauf bedacht, dem sarkastischen, selbstgefälligen Eindringling gegenüber höflich zu sein. Das war jetzt eine rein geschäftliche Angelegenheit.

Er nickte und lief am Rand entlang in die dunkelste Ecke des Raums. „Hier“, sagte er und zeigte auf die Stelle.

Ich ging in die Knie und zog an der Kante der Mahagonileiste, aber sie saß fest.

„Drücken, nicht ziehen, Madame", meinte Pringle trocken und versetzte dem Holzteil einen kräftigen Karatetritt. Und tatsächlich, sie löste sich und gab ein dunkles Loch frei.

Ich schluckte meine Nervosität hinunter und griff hinein.

Nichts.

„Ich habe es schon leer geräumt", verriet der Waschbär. „Nichts mehr da. Zumindest nicht da drin."

„Was machen wir dann überhaupt hier oben?", murrte Octocat, und mir fiel da erst auf, dass er quer durch den Speicher auf und ab schritt.

„Sieh mal." Pringle zeigte auf einen Stapel Kartons unweit von uns. „Da sind ein paar neue Sachen dazugekommen, seitdem ich mich das letzte Mal hier umgeschaut habe."

„Grandma ist im Marie-Kondo-Fieber", flüsterte ich. „Sie hat nicht nur Sachen weggeschmissen, sondern auch welche hier versteckt."

Der Waschbär rieb seine Hände vor Aufregung aneinander. „Oooh, was für ein Spaß. Ich bin so gespannt, welche neuen Geheimnisse wir finden werden."

Ich öffnete alle drei Kartons und stellte sie nebeneinander. Pringle stürzte sich sofort auf den Größten, während ich mir zuerst das kleine Exemplar vornahm.

„In Momenten wie diesen wünsche ich mir, ich hätte Finger, auch wenn sie eklig aussehen." Octocat erschauderte bei dem Gedanken. Er tippelte davon, um sich auf einen sonnenbeschienenen Fleck nahe dem Fenster zu legen, und überließ uns das Herumstöbern.

Der kleine Karton enthielt Weihnachtsschmuck – eine liebevoll zusammengestellte Kollektion, die mir rein gar nicht verdächtig erschien.

In der nächsten Kiste fand ich Grandmas Lieblingssommerklamotten, die sie wohl, da es jetzt kalt draußen wurde, einfach nur hier verstaut hatte. Auch nichts, was uns auf die Spur der mysteriösen Ereignisse von damals bringen würde.

„Hast du was gefunden?", fragte ich Pringle, der noch immer in der riesigen Kiste steckte.

„Hä? Was?", verlegen grinsend tauchte sein Kopf auf, um den er sich einen von Grandmas gemusterten Seidenschals gewickelt und hinter den Ohren zusammengebunden hatte. Mehrere Modeschmuckketten baumelten ihm um den pelzigen Hals. „Oh, nichts, was uns weiterbringen würde. Nur ein kleiner Teil meines Detektivhonorars."

Octocat seufzte tief, blieb aber zum Glück ruhig.

„Hier wird nichts mehr gestohlen", zischte ich und fühlte mich in dem Moment selbst ein wenig wie ein Tier. Je menschlicher sie wurden, desto mehr verschwammen für mich die Grenzen. „Das legst du alles wieder zurück."

„Menno, das macht keinen Spaß mit dir, weißt du das?" Betrübt befolgte der Waschbär meine Anweisung, ohne weitere Diskussionen anzufangen. Er gab jammernde Geräusche von sich, während er Stück für Stück des Glitzerkrams zurücklegte.

„Okay, gut. Das war nicht gerade hilfreich", sagte ich, nachdem ich mich vergewissert hatte, dass sämtliche Sachen wieder in ihren ursprünglichen Karton gewandert waren.

Wir stiegen alle durch die Luke nach unten ins Gästezimmer und berieten uns über die nächsten Schritte.

„Was ist mit Grandmas Zimmer?", schlug Octocat vor. „Sollen wir dort suchen?"

Pringle klatschte und vollführte einen kleinen Freudensprung. „Oh, ja, ja, ja. Lass uns das machen!"

Normalerweise hätte ich es nie gewagt, in die Privatsphäre meiner Großmutter einzudringen, aber weil ich so verzweifelt war und endlich die Wahrheit über das erfahren wollte, was sie anscheinend schon seit lange vor meiner Geburt vertuschte, willigte ich ein: „Versuchen wir es."

Im Gänsemarsch marschierten wir über den Flur zu Grandmas Schlafzimmer, mussten jedoch feststellen, dass dessen Tür immer noch fest verschlossen war.

„Soll ich da einbrechen?", fragte Pringle überschwänglich und gestikulierte wild mit den Händen. Dabei fragte ich mich nicht zum ersten Mal, ob der Tierarzt ihm vielleicht eine tägliche Dosis Ritalin gegen seine unverkennbaren ADHS-Symptome verschreiben würde. Hm, wahrscheinlich nicht.

„Es dürfte kein Problem sein, das Schloss am Fenster zu knacken", fügte er hinzu und hüpfte nun auf allen Vieren auf und ab.

„Nein", winkte ich ab, enttäuscht, aber mein schlechtes Gewissen plagte mich zu sehr. „Grandma wird irgendwann zurückkommen. Lass mich erst versuchen, mit ihr zu reden. Vielleicht hat sie sich inzwischen beruhigt. Vielleicht ist sie heute Abend bereit zu einem Gespräch."

„Hey, Moment mal!", rief Pringle ungehalten. „Selbst wenn es so wäre, schuldest du mir immer noch meinen Lohn. Vergiss nicht, ich bin jetzt ein seriöses Geschäftstier, und wir haben heute eine ganz klare Abmachung getroffen, als du mich beauftragt hast."

„Das reicht! Ich habe genug", schnaubte Octocat und entschwand nach oben, vermutlich in unser Turmschlafzimmer. Ich konnte ihn nur zu gut verstehen, denn auch ich war nach dem Waschbärtheater der letzten Stunden mit meiner Geduld völlig am Ende.

„Ich hole dich ab, wenn wir für die nächsten Schritte bereit sind." Mit diesen Worten geleitete ich Pringle nach draußen, und kaum war er durch die Tür, schloss ich diese fest und atmete tief durch.

Oh, Grandma. Bitte erlöse mich von dieser Misere. Du musst nur mit mir reden, und wir können dem Ganzen ein Ende setzen.

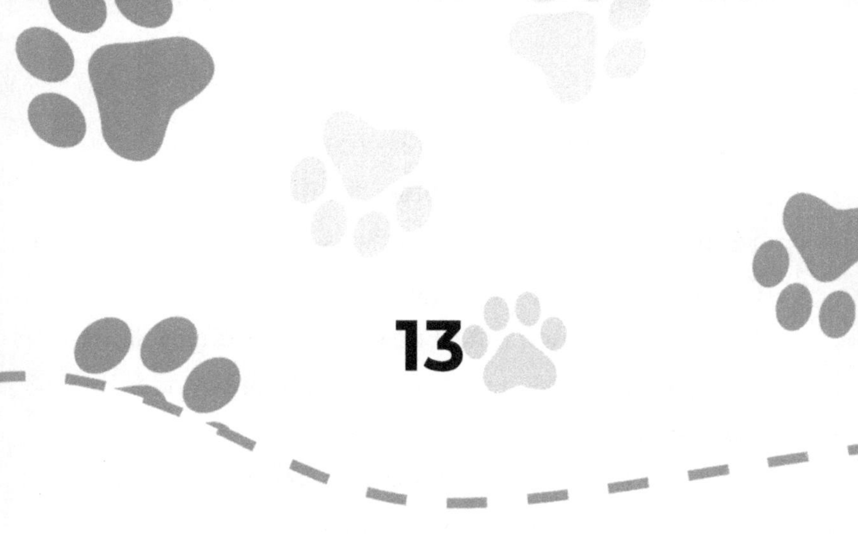

13

Trotz der Stoßgebete, die ich zum Himmel schickte, sprach Grandma auch an diesem Abend nicht mit mir. Tatsächlich kam sie nicht einmal nach Hause zurück, und das bekam ich direkt zu spüren, denn um sie nur ja nicht zu verpassen, hatte ich mein Lager im Wohnzimmer aufgeschlagen und die ganze Nacht auf sie gewartet.

Und jetzt hatte ich natürlich noch mehr Fragen als vorher.

War sie unterwegs, um den Schaden zu begrenzen, oder versteckte sie sich vor mir, um eine Konfrontation zu vermeiden? Und wohin hatte es sie überhaupt verschlagen?

Verzweifelt und ratlos rief ich am Morgen meine Mutter an.

„Angie, guten Morgen! Wie schön, dass du anrufst!", zwitscherte meine Mutter in einem so erfreuten Ton, dass ich sofort wusste, dass Grandma nicht bei ihr zu Hause aufgetaucht war.

Also musste ich eine Entscheidung treffen. Sollte ich ihr alles erzählen und sie um Hilfe bitten oder ihr besser nichts von alledem verraten?

Obwohl wir einen besseren Draht zueinander hatten, seitdem ich sie eingeweiht und ihr von meinen geheimen Tierflüstererfähigkeiten erzählt hatte, machte ich mir Sorgen darüber, wie sich diese neuen Entwicklungen auf unsere Beziehung auswirken würden. Entweder hatte sie es schon die ganze Zeit gewusst und auch beschlossen, die Wahrheit über unsere Abstammung vor mir zu verbergen, oder sie hatte keine Ahnung und würde am Boden zerstört sein, wenn sie es erfuhr.

Offen gestanden gefiel mir das so oder so nicht, aber ich fasste einen Entschluss.

„Hi, Mom.", sagte ich. „Ich wollte nur kurz Hallo sagen, bin gerade auf dem Weg zum Elektronikladen. Brauchst du etwas von da?"

„Oh, das ist lieb von dir, aber dein Dad und ich sind gut ausgestattet." Sie klang so glücklich. Ich sollte sie wirklich öfters anrufen, sie zu mir einladen oder spontan bei ihr vorbeischauen.

Ich lächelte und hoffte, sie würde es an meiner Stimme hören. „Okay, ich wollte nur kurz nachfragen. Hab dich lieb, Mom."

„Ich dich auch, Süße."

Wir legten auf, doch ich hielt das Telefon weiter in meiner Hand, versuchte Kraft aus seiner Wärme zu schöpfen. Ich musste die Wahrheit erfahren, die Großmutter verbarg. Nicht nur war ich mir das selbst schuldig, sondern auch meiner Mutter.

„Wie geht es jetzt weiter?", unterbrach Octocat meine Gedanken.

„Bleib du hier und halte Ausschau nach Grandma", bat ich ihn, entschlossener denn je, der Sache auf den Grund zu gehen – und zwar schnell. „Ich muss etwas Ausrüstung für uns besorgen."

„Heißt das ...?" Er sah mich mit großen Augen an.

„Wir werden uns Zutritt zu diesem Raum verschaffen", antwortete ich. „Zumindest du und Pringle."

„Ach, wie heißt es doch gleich? Sei deinen Freunden nahe und deinen Feinden noch näher." Er sah mich vielsagend an, mit elegant verschränkten Pfoten, und nickte dann in Richtung Fernbedienung. „Mach die Flimmerkiste für mich an, ja?"

Ich griff nach der Fernbedienung, doch bevor ich die Einschalttaste drückte, hielt ich inne.

„Lass uns das jetzt bitte nicht mehr diskutieren, Angela", stöhnte er.

„Eine Sache noch." Ich holte tief Luft, um mich zu beruhigen, denn ich wusste, dass ihm diese Sache nicht gefallen würde: „Bitte sei nicht böse, dass ich heute keine Apple-Produkte für unsere Mission kaufen werde."

Er sprang unvermittelt auf, die Nackenhaare entrüstet hochgestellt. „Was? Warum?"

Ja, mein Kater war absolut nicht kompromissbereit, was seine bevorzugten Marken anging – allen voran Apple, Evian und Fancy Feast. Der kleine Kerl hatte eben gewisse Standards, denen er stets treu blieb.

„Manchmal haben sie einfach nicht das, was wir brauchen", erklärte ich sanft. „Aber keine Sorge, nur Pringle soll die neuen Sachen benutzen, du nicht."

Er seufzte und machte es sich wieder bequem. „Dann ist ja gut. Dieser Waschbär hat kein einziges Apple-Gerät verdient."

Darauf musste ich schmunzeln. Uff, Krise abgewendet. „Genau!"

„Würdest du jetzt bitte den Fernseher einschalten?" Er schlug gereizt mit dem Schwanz.

„Ach so, ja klar." Ich stellte ihm den Kinokanal ein, wo gerade „Harry und Sally" lief, und warf ihm einen Luftkuss zu, bevor ich hinausging. „Bin bald wieder da."

„Hasta la vista, Baby." Doch auch wenn er versuchte, die Stimme dabei zu senken, klang der Spruch nicht sehr Arnie-like. Zum Glück gelang es mir, das Kichern zu unterdrücken, bis ich im Auto saß.

Das letzte Mal, als ich in dem großen Elektronikgeschäft gewesen war, hatte ich einen GPS-Tracker für unsere Eichhörnchenfreundin Maple gekauft. Zuvor hatte ich dort auch schon eine Apple Watch für Octocat erstanden, obwohl ich mich beim besten Willen nicht erinnern konnte, was ich damit gewollt hatte und was damit passiert war. Die verrückte kleine Maple hatte den GPS-Sender irgendwann irgendwo im Wald vergraben, wie eine ihrer zahllosen Nüsse und die halb aufgefutterten Erdnussbuttergläser, die ich ihr, wider besseres Wissen, gegeben hatte.

„Hey, Sie kenne ich doch!" Ein pickeliger Angestellter mit Lockenkopf und einem bunten Poloshirt kam grinsend auf mich zu. Es war derselbe Typ, der mich schon bei meinem ersten Besuch bedient hatte.

„Wie hat Ihrer Katze die Apple Watch gefallen?"

Das Wort Apple setzte er in Luftanführungszeichen, weil ich in Wirklichkeit ein Produkt einer anderen Marke gekauft und das Apfellogo darüber geklebt hatte. Verdammt! Manchmal sollte ich einfach nicht so viel über mein verrücktes Leben preisgeben.

„Großartig, danke." Bei meinem zweiten Einkauf hier war ich ihm glücklicherweise nicht über den Weg gelaufen und hatte binnen weniger Minuten bekommen, was ich wollte. Heute blieb mir dieses Glück versagt.

„Möchten Sie vielleicht ein neues MacBook Pro oder ein iPad Air? Oder noch eine Apple Watch für Ihren Hund?"

„Nein, mein Hund interessiert sich nicht für so was", murmelte ich, und der Verkäufer lachte auf. Ich war von Natur aus kein aggressiver Mensch, aber in diesem Moment verspürte ich einen kurzen Impuls, ihm eine zu klatschen. Hielt er es wirklich für eine gute Idee, sich über seine Kunden lustig zu machen? Ich sollte mal ein ernstes Wörtchen mit dem Geschäftsführer sprechen.

Endlich riss er sich zusammen, steckte die Hände in die Taschen und sah mich offen an. Ob er nun tatsächlich bereit war, mir zu helfen, nachdem er sich auf meine Kosten amüsiert hatte? „Okay. Was kann ich für Sie tun?"

Ich lächelte ihn schnippisch an. „Ich brauche eine GoPro-Kamera und ein passendes Geschirr."

Wieder schallendes Gelächter. „Oh, deine Katze mag also Apple, aber dein Hund lieber GoPro?" Er kriegte die Worte kaum heraus, so sehr keuchte er.

„Eigentlich ist es für meinen Waschbären" erklärte ich ihm mit einem süffisanten Grinsen. Er hielt mich ja ohnehin schon für bekloppt, aber sollte er doch ruhig …

Natürlich meinte er daraufhin: „Sie sind echt komisch, wissen Sie das?"

„Und Sie sind echt hilfreich. Also werde ich mir wohl selbst helfen. Vielen Dank!", rief ich im Weggehen über meine Schulter.

„Warten Sie. Zu den Videokameras geht's da lang." Er huschte an mir vorbei und bog nach rechts ab. „Sie brauchen einen Schlüssel für die Vitrinen, das heißt Sie brauchen meine Hilfe."

„Gut, aber ich habe es eilig."

„Tierisch dringende Angelegenheiten?" Er schien eine weitere Lachsalve zu unterdrücken.

„So ähnlich", antwortete ich genervt. Von mir aus konnte er sich über mich lustig machen, so viel er wollte –solange ich die Kamera und das Gurtzeug bekam, konnte ich gut damit leben.

„Viel Spaß damit!", rief er mir hinterher, nachdem

er mir die gewünschte Ausrüstung überreicht hatte. Als hätte ich seine guten Wünsche gebraucht, die er mit Sicherheit noch nicht mal ernst meinte. Das nächste Mal würde ich mir einen anderen Laden suchen, auch wenn ich dafür doppelt so weit fahren müsste.

Ich hielt den Daumen hoch, ließ den Blödmann stehen und eilte ohne ein weiteres Wort zur Kasse. Meine Güte, ich hatte heute nun wirklich andere Probleme, um die ich mich kümmern musste.

Grandma war verschwunden.

Meine Mutter hatte wahrscheinlich andere Eltern, als man sie hatte glauben lassen.

Ich schuldete einem Waschbären mit fragwürdiger Moral einen unausgesprochenen Gefallen.

Oh, und außerdem war ich dabei, meine eigene Großmutter auszuspionieren, in einem verzweifelten Versuch, die Wahrheit hinter der ganzen Geschichte zu erfahren.

14

Offenbar hatte mein Ausflug in den Elektronikmarkt viel kürzer gedauert, als es mir vorkam. Zu Hause fand ich Octocat, der sich gerade die letzten Minuten seines Films anschaute, laut schniefend vor.

„Oh, steht da jemand auf ein bisschen Gefühlsduselei?", stichelte ich. So angefasst hatte ich ihn noch nie bei einer Fernsehsendung erlebt, zumal er sich sonst meist eher Krimiserien wie Law & Order reinzog.

„Natürlich nicht!", rief er und wischte sich über die Augen, die verräterisch glänzten. „Ich habe mich nur über die Szene eben amüsiert. Herrlich!"

„Aha." Ich verkniff mir einen Lacher. Obwohl ich genau wusste, dass es in besagter Szene recht heiß

herging, beschloss ich, nicht weiter darauf einzuge-
hen. Das Letzte, was ich jetzt brauchte, war ein
Gespräch über Sex mit meinem kastrierten Kater.
Nein danke!

Stattdessen packte ich die neue GoPro aus und
begann, sie für uns einzurichten, während Harry mit
Sally auf der Silvesterparty tanzte und ihr all die
Dinge erzählte, die er am meisten an ihr liebte. So
süß. Okay, vielleicht verdrückte ich jetzt auch ein
paar Tränchen.

Als endlich der Abspann lief, schaltete ich den
Fernseher aus und öffnete die Haustür. „Komm rein,
Pringle. Es ist so weit!"

Der Waschbär kam angetrabt, als hätte er die
ganze Zeit vor der Tür gestanden und gewartet. Vielleicht hatte er das auch.

Als er die neue Action-Cam in meinen Händen
entdeckte, schnappte er nach Luft, hob beide Hände
zum Mund und rief: „Oooh, was für ein tolles Teil!"

Dann schlang er beide Hände um meine Wade
und kletterte an mir herauf bis auf meine Schulter.
Das hatte er noch nie getan, und es war mir nicht
geheuer. Nur weil ich mit ihm zusammenarbeitete,
hieß das nicht, dass ich ihm voll und ganz vertraute.

Glücklicherweise konnte ich meinen Schock
gerade noch rechtzeitig überwinden, um ihn daran

zu hindern, mir die Kamera aus den Händen zu reißen und mit dem offenkundig begehrten Gerät zu verschwinden.

„Hör auf damit!", schimpfte ich und schüttelte meine Arme. „Geh runter von mir."

Aber Pringle ließ sich nicht abschütteln. „Ich will das haben!", informierte er mich.

„Entspann dich, ja? Ich habe es doch für dich gekauft, damit du es bei unserer nächsten Mission heute benutzen kannst."

„Gib her! Gib her!" Er kletterte zurück auf den Boden, hüpfte auf und ab und wurde von Sekunde zu Sekunde nerviger.

„Komm mal wieder runter", mischte sich Octocat ein. „Jetzt hör Angela erst mal zu. Sie hält jetzt erst mal ihren Vortrag und dann wird sie es dir geben, klaro?"

„Ich scheine ja ziemlich vorhersehbar zu sein", meinte ich daraufhin und musste lachen. Weshalb ich das in dem Moment mit Humor nahm, war mir allerdings nicht klaro, wahrscheinlich vor Erleichterung, dass mir der riesige Waschbär nicht mehr im Nacken saß.

„Ja, du bist ziemlich vorhersehbar", erwiderte Pringle. „Aber nicht nur du, Schätzchen. Alle Menschen. Einfach gestrickte Geschöpfe halt." Er seufzte und beschrieb eine kreisende Handbewegung. „Wie auch immer, erzähl weiter."

Wow. Ganz schön unverschämt, der alte Gangster, hielt sich wohl für superklug.

Hatte Pringle sich tatsächlich über mich lustig gemacht, obwohl ich ihn angestellt und ihm obendrein einen ungenannten Gefallen als Bezahlung zugesagt hatte? Nicht gerade ein guter Kundenservice. Er konnte von Glück reden, dass seine Firma nicht im Internet zu finden war, sonst hätte er eine miese Bewertung von mir bekommen.

„Hast du noch nie gehört, dass der Kunde König ist?", schnaubte ich.

„Nö. Wer sagt das denn?" Pringle schien zweifellos Spaß an dieser Unterhaltung zu haben. „Der Kunde ist doch oft dumm, deshalb muss er sich ja Hilfe holen."

O Mann. Ein weiterer scharfsinniger Kommentar über die Menschheit von Mister Oberschlau. Gott sei Dank konnte er mit keinem anderen Menschen als mir kommunizieren.

Und ohnehin hatten wir für solche Sperenzchen jetzt keine Zeit. Wir mussten uns auf unsere Mission konzentrieren, und deshalb sprach ich ein Machtwort: „Seid bitte still und hört mir zu!"

Als sie beide verstummten, fuhr ich fort. „Also, Octocat, was jetzt kommt, wird dir gefallen."

Ich nahm mein Handy vom Tisch und entsperrte es, um ihm die neue App zu zeigen, die ich eben beim Setup der Kamera heruntergeladen hatte. „Die Videocam kommt oben an ein Brustgeschirr, das Pringle tragen wird, und ich streame die Aufnahme live auf mein iPhone, damit ich das Geschehen überwachen kann."

„Okay, aber was ist meine Aufgabe?", fragte mein Kater mit einem verärgerten Schwanzzucken.

„Zwei Sachen. Erstens: Du gehst mit Pringle, um ihn im Auge zu behalten und sicherzustellen, dass er keine Sachen mitnimmt, die nichts mit unserem Fall zu tun haben."

„Hey", jammerte der Waschbär. „Diese Bemerkung hättest du dir sparen können."

Ich verdrehte die Augen und atmete tief durch. Manchmal vermisste ich es wirklich, in der Kanzlei mit anderen Menschen zu arbeiten – netten, vernünftigen Menschen. „Zweitens: Wir verwenden dein iPad, damit du mir damit einen Live-Kommentar über FaceTime geben kannst. Ich würde dir ja mein Handy geben, aber ich glaube, du kannst es mit deinen Pfoten nicht bedienen, weil die Tasten zu klein sind, und ich will kein Risiko eingehen, also …"

„Sekunde, Sekunde!", brachte Octocat undeutlich hervor und machte dabei große, gierige Augen. „Willst du dein iPad oder dein iPhone benutzen, um uns zu beobachten?"

„Beides", sagte ich lächelnd.

„Das ist wie Geburtstag, Weihnachten und Ostern zusammen", schwärmte er, nun wieder in seinem typisch akzentuierten Tonfall.

Ich nickte energisch und streichelte ihm über den Kopf. „Ja. Cool, oder? Wir sind doch alle cool drauf, nicht wahr? Also, Pringle, wenn du so weit bist, kann ich dir jetzt das Geschirr anlegen."

Der Waschbär schnappte sich die Kamera und drehte sie einige Male in seinen Händen, dann zwinkerte er mir übertrieben zu. „Das ist Spionageausrüstung der Spitzenklasse. Ich wusste nicht, dass du das drauf hast."

„Ja, ich stecke eben voller Überraschungen. Und wie sich herausgestellt hat, gilt das auch für Grandma. Habt ihr den Auftrag beide verstanden?", fragte ich, als ich die Gurte des Brustgeschirrs passend einstellte.

Mein Kater und der Waschbär nickten übereinstimmend.

„Octocat, wo ist dein iPad?", wollte ich wissen, während ich das Geschirr befestigte und die Kamera an Pringles Rücken anbrachte, um anschließend die Übertragung auf meinem Telefon zu testen.

„Auf dem Esszimmertisch", antwortete der Tiger und folgte mir, um es zu holen. „Sag mal, warum gehst du nicht mit uns da rein?"

„Es fühlt sich zu sehr nach einem Eingriff in ihre Privatsphäre an", gab ich zu.

„Aber du siehst doch dann ohnehin alles über die Videoschalte, wo ist denn da der Unterschied?", meinte Octocat trocken.

Ich zuckte mit den Schultern. „Ich weiß es nicht genau, aber vom Gefühl her ist es für mich anders."

Netterweise ließ er das Thema fallen, ohne meine Gründe weiter zu hinterfragen. „Wie du meinst."

„Danke für dein Verständnis." Ich öffnete die Haustür.

„Okay, Pringle, los geht's. Geh aufs Dach, entriegele das Fenster und komm dann wieder runter, um das iPad zu holen. Ich lasse es hier für dich liegen", sagte ich und legte es auf die Treppe der Veranda.

„Octocat, du gehst mit mir." Er folgte mir die Treppe hinauf in unser Bibliotheksbüro, und ich machte ihm das große Erkerfenster auf, damit er sich über das Dach schleichen konnte.

„Ich warte fünf Minuten, damit ihr beide genug Zeit habt, ins Zimmer zu kommen, dann rufe ich dich über FaceTime an", rief ich ihm nach. „Sieh zu, dass du rangehst."

„Alles klar", sagte mein Kater und warf mir ein souveränes Lächeln über die Schulter zu, bevor er aus meinem Blickfeld verschwand.

Der Moment der Wahrheit schien in greifbare Nähe zu rücken. Entweder wir würden bald Antworten bekommen oder ... es gäbe bald keinen Ort mehr, an dem wir noch suchen konnten.

Leider hatte ich keine Ahnung, was ich als Nächstes tun sollte, wenn die Tiere nichts finden würden. Die Sache auf sich beruhen lassen? Oder eine Konfrontation mit Grandma erzwingen? Das schienen die beiden Optionen zu sein.

Na toll.

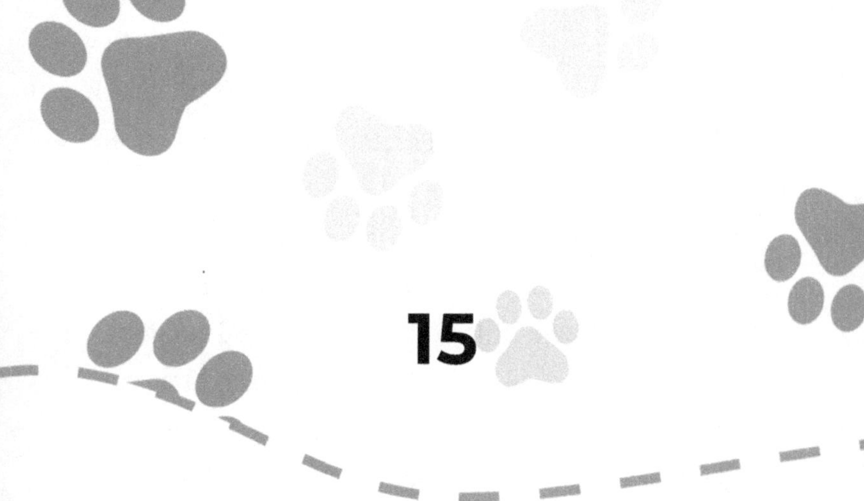

15

ch ging raus auf die Veranda, zum einen, weil ich dort immer besseren Funkempfang hatte, und zum anderen, damit mir auch nur ja nicht entging, falls Grandma zurückkam, um sich hoffentlich endlich der Situation zu stellen.

Auf der Treppe hockend holte ich mein Handy heraus und studierte das Bild, das Pringles Action-Cam lieferte. Im Spiegel der Fensterscheibe erkannte ich seinen konzentrierten Gesichtsausdruck, wie er an der Verriegelung herumspielte. Einen Moment später leuchteten seine Augen auf, als er das Fenster hoch genug anhob, damit Octocat sich hindurchzwängen konnte. Dann drehte er sich um, und für einen Moment bot sich mir ein atemberaubender

Ausblick auf den Wald, der unseren Garten flankierte.

In Windeseile tauchte er wieder an meiner Seite auf und schnappte sich Octocats iPad von der Treppe. „Das nehme ich jetzt mit. Vielen Dank. Und tschüss.“

Trotz all seiner anstrengenden Eigenschaften war der Waschbär ohne Zweifel ein großartiger Komplize mit beeindruckenden Fähigkeiten. So musste ich mir nicht die Finger schmutzig machen und konnte das Ganze besser mit meinem Gewissen vereinbaren.

Pringle schien kein Problem damit zu haben, gegen die guten Sitten zu verstoßen oder am Haus hinaufzuklettern, mit einem Tablet in seiner pelzigen, schwarzen Hand, das er an seine Brust gedrückt hielt. Kaum eine Minute später hatte er es zurück zu Großmutters Schlafzimmerfenster geschafft, hob es ein wenig an und schlüpfte hindurch, ohne auch nur eine Sekunde zu zögern.

Der entscheidende Augenblick war gekommen. Ich holte mein iPhone heraus und rief Octocat über FaceTime an.

Nach ein paar Mal klingeln ging er ran, das Gesicht weit über das Gerät gebeugt, sodass sein Doppelkinn zum Vorschein kam. Ein vertrauter Anblick, der sich mir immer bot, wenn ich es wagte, morgens noch im Bett zu liegen, obwohl seine Frühstückszeit schon verstrichen war. „Ich schau dir in die Augen, Kleines!“

Und was sollte das überhaupt mit den ganzen Filmzitaten? Schlief er überhaupt noch oder zog er sich nonstop eine Sendung nach der anderen rein?

„Gute Arbeit“, lobte ich ihn und bewunderte in diesem Moment trotz allem seinen Enthusiasmus. „Schau Pringle auf die Finger und halte mich während eurer Durchsuchung auf dem Laufenden.“

„Ja, Angela. Ich erinnere mich an meine Aufgabe bei dieser Mission“, murmelte er und entfernte sich umgehend wieder aus dem Blickfeld.

Pringle machte sich gerade an Großmutters Kommode zu schaffen und zog wahllos die Schubladen auf. „Spitzenunterwäsche!“, kicherte er. „Oh, Grandma, ich hatte ja keine Ahnung!“

„Hör auf damit!“, rief ich so laut, dass sie mich wahrscheinlich auch ohne FaceTime hören konnten. „Du sollst nach Hinweisen suchen, sonst nichts.“

„Mach das für mich auf“, hörte ich Octocat sagen und sah dann, wie Pringle sich der Stelle näherte, an der meine Katze am Nachttisch wartete.

Der Waschbär zog die Schublade aus den Schienen und lachte, als sie auf den Boden knallte. „Das macht Spaß!“, quietschte er.

Es würde sich nicht verbergen lassen, dass wir das

Zimmer durchwühlt hatten, auch wenn ich nicht direkt daran beteiligt war.

„Hey, schau mal! Ich habe ein Stück Papier gefunden, auf dem etwas geschrieben steht!", rief der Kater aufgeregt.

Pringle hüpfte zu ihm hinüber und schnappte sich das Blatt, aber ich konnte die Worte, die mir die Kamera aufs Display lieferte, nicht erkennen. „Es ist nur eine alte Einkaufsliste", meinte der Waschbär, rollte sie zusammen und warf sie zurück in die Schublade. Ich hoffte inständig, dass das stimmte und er nicht gerade ein wichtiges Teil unseres Puzzles weggeworfen hatte.

Vielleicht sollte ich einfach hinaufgehen und den beiden zeigen, wie sie die Tür von innen aufschließen konnten. Doch ich blieb wie erstarrt stehen, unfähig, diese unsichtbare Grenze zu überschreiten.

„Geht respektvoll mit Großmutters Sachen um!", rief ich in einem halbherzigen Versuch, die Situation unter Kontrolle zu bringen.

„Warum?", fragte Pringle verwirrt, während er weiter durch das Schlafzimmer tappte. „Denk doch mal darüber nach. War es respektvoll von ihr, eine so wichtige Tatsache vor dir zu verstecken?"

Verflucht noch mal. Pringle und seine Logik.

„Trotzdem", murmelte ich. „Bitte."

„Du hast die Lady gehört!“, brummte Octocat. „Also, sei ein Profi und mach das ordentlich.“

Oh, wie ich meinen Kater dafür liebte, dass er sich dermaßen für mich einsetzte, und ich war stolz auf ihn, dass er seine Aufgabe so ernst nahm.

Das ungleiche Duo sah sich noch eine Weile in dem Zimmer um, fand aber nichts Aufschlussreiches.

„Wenn sie etwas versteckt, dann sicher nicht an einer leicht zugänglichen Stelle.“ Ich versuchte, die beiden von meinem Verandaplatz aus auf die richtige Spur zu bringen. „Das Geheimfach auf dem Dachboden war ziemlich clever. Vielleicht gibt es in ihrem Zimmer ein ähnliches Versteck.“

„Gute Idee“, sagte Pringle und tapste zur nächstgelegenen Fußleiste hinüber. Er trat und schlug dagegen, doch vergeblich; kein einziges Brett rührte sich.

„Hey! Ich glaube, ich habe etwas gefunden!“, raunte mein Tiger vom anderen Ende des Raums. Ach du meine Güte. Was war es? Der Moment der Wahrheit?

„Ich komme!“, rief Pringle. Die Kamera wackelte hin und her, als er zu Octocat stürmte, der oben auf der Kommode hockte – da, wo sie mit der Suche angefangen hatten.

Im selben Moment vernahm ich das vertraute

Brummen eines kleinen, roten Sportwagens, der unsere Einfahrt heraufrollte.

Grandmas Wagen. Sie kam tatsächlich nach Hause.

„Mami, ich bin wieder da!", hörte ich Paisley schon aus dem offenen Fenster rufen. Obwohl ich mich freute, sie zu sehen, blieb mir nun keine Zeit mehr, eine Warnung an die Jungs oben zu schicken.

„Paisley! Grandma! Willkommen zu Hause!", rief ich, während ich die Kamera- und FaceTime-Übertragung beendete, in der Hoffnung, dass die Tiere es oben mitbekommen und sich schnellstmöglich aus dem Staub machen würden. Leider wusste ich auch, dass Unauffälligkeit so gar nicht zu den Stärken dieser beiden gehörte.

Großmutter fuhr in die Garage, und ich rannte hinter ihr her, bevor sie wieder vor mir weglaufen konnte. Vielleicht war sie nun endlich bereit, mit mir über alles zu sprechen. Zumindest könnte ich sie für eine Weile ablenken, um meinen Spionen etwas Zeit zur Flucht zu verschaffen.

„Ich habe dich vermisst!" Paisley sprang aus dem Auto, raste auf mich zu und bettelte darum, auf den Arm genommen zu werden.

Das tat ich nur allzu gerne. „Ich habe euch auch vermisst. Euch beide."

Grandma sah aus, als hätte sie die ganze Zeit, seitdem sie weggegangen war, nicht geschlafen. Vermutlich hatte sie das auch nicht. Trotzdem rang sie sich ein reserviertes Lächeln ab. So kannte ich sie gar nicht. In meinem ganzen Leben hatte ich sie noch keinen Tag so zurückhaltenderlebt. Was war mit ihr geschehen, und warum schien sich auf einmal alles zuzuspitzen?

„Ist bei dir alles in Ordnung?", fragte ich mit sanfter Stimme.

Sie schüttelte den Kopf. „Nicht wirklich. Nein."

„Können wir darüber reden?" Ich wollte ihr die Hand auf die Schulter legen, aber sie schüttelte mich ab.

Grandma holte tief Luft, und ich spürte die Distanz zwischen uns. Ich hatte sie noch nie so alt und gebrochen gesehen, und das beunruhigte mich enorm. Tränen standen in ihren rot geweinten Augen. „Ich hätte nie gedacht, dass ich noch einmal darüber sprechen muss, schon gar nicht mit dir."

„Ich bin für dich da, und ich habe dich sehr lieb, komme, was wolle."

Sie schüttelte traurig den Kopf. „Das wird die Dinge ändern, Angie."

„Das hat es schon", flüsterte ich und kämpfte nun auch gegen die Tränen.

Grandma sah weg und murmelte: „Ich kann nicht." Dann schob sie sich an mir vorbei ins Haus.

Schuldgefühle stiegen in mir auf. Vielleicht war es besser, die Sache auf sich beruhen zu lassen, das Geheimnis zu vergessen und mein Leben so weiterzuführen wie vor dem Tag, als Pringle mir jenen rätselhaften Brief zeigte.

Am liebsten hätte ich es vergessen, aber ich steckte schon zu tief drin. Das hatte nichts mit Neugier zu tun, sondern mit der Tatsache, dass es mein Leben bereits auf den Kopf gestellt hatte.

Und ich musste die Wahrheit erfahren.

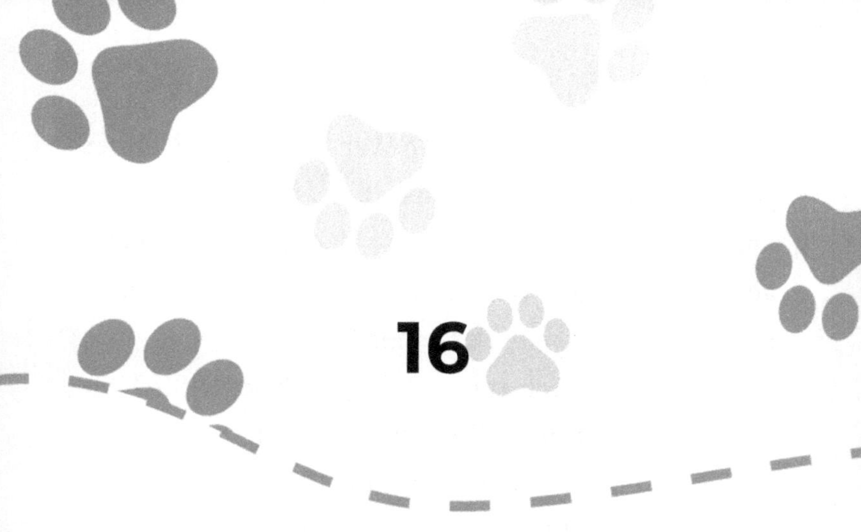

16

Nachdem Grandma mich in der Garage stehengelassen hatte, setzte ich mich wieder auf die Veranda. In letzter Zeit verbrachte ich mehr Zeit hier draußen als im Haus, wie es schien.

Paisley trottete hinter mir her, wedelte wie immer mit dem Schwanz, aber zurückhaltender als sonst. „Was ist los, Mami?"

Obwohl sie mit Grandma nicht so kommunizieren konnte wie mit mir, fühlte ich mich unwohl bei dem Gedanken, mich ihr gegenüber negativ über ihre beste Freundin zu äußern, die Frau, die sie aus dem überfüllten Tierheim gerettet und ihr ein Zuhause gegeben hatte.

Wo war Grandma jetzt? War sie in ihr Zimmer gegangen? Hatte sie das Chaos bemerkt, das die Tiere angerichtet hatten, und wusste sie, dass ich sie dazu angestiftet hatte? Würde sie mir jemals verzeihen? Könnte ich ihr jemals verzeihen?

„Ich bin einfach traurig", sagte ich schließlich zu dem liebenswerten Chihuahua-Mädchen.

„Manchmal bin ich auch traurig", sagte der kleine Hund und drückte sich auf meinem Schoß an mich. „Aber weißt du, was ich dann mache? Ich beschließe, nicht mehr traurig und stattdessen einfach glücklich zu sein."

Lächelnd kraulte ich sie zwischen den Ohren. „Das ist schlau von dir, Paisley. Hey, und wie war der Ausflug mit Grandma, habt ihr etwas Schönes erlebt?"

Ich wollte damit eigentlich nur das Thema wechseln und die Kleine nicht ausfragen, aber dann kam mir die Idee, dass Paisley mir womöglich die entscheidenden Hinweise liefern könnte, wenn ich nur die richtigen Fragen stellen würde. Schließlich verbrachte sie praktisch den ganzen Tag in Grandmas Nähe und schlief nachts in ihrem Zimmer. Was hatte sie mitbekommen? Wie viel wusste sie?

Sie schloss die Augen und rollte sich auf meinem

Schoß herum, damit ich ihren Bauch kraulen konnte. „Die Autofahrt war toll, und die ganzen neuen Gerüche fand ich spannend, aber ich wäre lieber zu Hause gewesen, mit euch allen zusammen."

„Oh, das glaube ich dir. Wo seid ihr zwei denn hingefahren?" Ich konnte nicht widerstehen, sie zu fragen.

Sie blinzelte mich mit einem Auge an. „Ich bin mir nicht sicher. Es war ein kleines, sauberes Zimmer mit einem großen Bett. Grandma und ich haben viel gekuschelt und viel geschlafen. Außerdem haben wir stundenlang ferngesehen. Octavius mag das ja, aber ich finde es meistens langweilig, nur zuzusehen, wie Dinge in einem kleinen Glaskasten passieren. Ich unternehme viel lieber selbst etwas."

„Du bist wirklich schlau, Süße", sagte ich mit einem traurigen Lächeln. Offenbar hatte Grandma es vorgezogen, sich in einer Art Motel zu verkriechen, anstatt mit mir zu reden. Na super.

Seufzend streichelte ich den glücklichen kleinen Hund weiter. Sie war so voller Vertrauen, voller Zuversicht. Warum gelang mir das nicht? Zweifellos war sie die zufriedenste Bewohnerin dieses Hauses, und das lag nicht etwa daran, dass es ihr an Köpfchen fehlte. Die kluge kleine Maus schaffte es irgendwie immer, all ihre Probleme beiseitezuschieben und sich jeden Tag fürs Glücklichsein zu entscheiden.

Wir saßen eine Weile so da, bis Pringle um die Ecke bog und die Treppe hinaufstürmte, was Paisley sofort zum Bellen brachte.

Sie sprang von meinem Schoß, stellte sich schützend neben mich und rief: „Mami! Mami! Der große böse Waschbär ist wieder da!"

Der Waschbär stöhnte und schüttelte den Kopf. „Nicht schon wieder. Will sie das jetzt wirklich jedes Mal abziehen? Jedes verdammte Mal?", fragte er mich mit einem erschöpften Schnaufen.

„Ist schon gut, Paisley." Ich nahm sie hoch und setzte sie wieder auf meinen Schoß.

Sie jammerte, verharrte aber dort.

Pringle, der näher an uns herantrat, umklammerte mit einer Hand etwas Kleines, Rechteckiges.

„Was hast du da, Pringle?"

Die elektronische Katzenklappe piepte, und Octocat gesellte sich zu uns. „Was für ein Nervenkitzel!", rief er aus. „Eine Sekunde lang dachte ich echt, sie würde uns erwischen."

Pringle legte einen Arm um den Tiger und lächelte. „Halte dich einfach an mich, Kleiner. Jeder Tag ist ein Abenteuer."

Sie lachten beide.

Für den Moment war es ja schön, dass sie ihre Differenzen beigelegt hatten, aber für die Zukunft? Pringle übte nicht gerade den besten Einfluss auf meinen reizenden, nur manchmal leicht verbitterten Kater aus.

„Darf ich mal sehen, was du da hast?", bat ich erneut und streckte meine Hand aus.

„Natürlich." Der Waschbär reichte mir ein altes Foto. Sofort erkannte ich Grandma in jungen Jahren, aber wer der Mann an ihrer Seite war, der mit tiefen Grübchen breit in die Kamera lächelte, wusste ich nicht.

„Wir haben es in der Ecke des Spiegels gefunden. Es steckte dort einfach, für alle Welt sichtbar", informierte mich Octocat, wobei sich seine Schnurrhaare kräuselten und er selbstzufrieden grinste.

„Na los. Dreh es um", drängte Pringle.

„Dorothy und William, Sommer 1968", las ich laut vor und erschrak. „William? Das ist er?"

Pringle nickte und zuckte die Achseln. „Scheint so."

Ganz offen hatte es dort gehangen, und wahrscheinlich hätte es mir bereits zigmal auffallen können, wenn ich mir die Collage von Erinnerungsstücken, mit der sie die Ränder des Spiegels über der

Kommode dekoriert hatte, nur einmal richtig angeschaut hätte.

„Sie halten Händchen", bemerkte Octocat. „So wie du und der Kotzbrocken es die ganze Zeit tun."

„Sie scheint in ihn verschossen zu sein", flüsterte ich, denn mir war der Glanz in ihren Augen und ihr leicht verlegenes Lächeln aufgefallen. Wie verträumt sie ihn anschaute. „Als würde sie ihn lieben."

„Leider scheint das nicht auf Gegenseitigkeit zu beruhen", bemerkte Pringle, und damit hatte er vollkommen recht. William stand irgendwie steif da, die Augen eher in die Ferne gerichtet, nicht auf meine verliebte Großmutter.

Octocat setzte sich neben mich. „Das stimmt. Wenn du mit Charles zusammen bist, hast du auch so einen entrückten Blick." Er drückte seine Nase auf das Foto. „Aber er guckt dich genauso an. Dieser Typ da sieht zwar glücklich aus, aber nicht verliebt. Nicht wie du und Charles oder Baby und Johnny. Nicht einmal wie Harry und Sally, und wir alle wissen, wie chaotisch ihre Beziehung begann."

„Wer sind Harry und Sally?", fragte Paisley und leckte ihrem Katzenfreund zur Begrüßung übers Gesicht.

Octocat rollte liebevoll mit den Augen. „Du meine Güte Es gibt einiges, was du verpasst hast, Schnecke", sagte er, als ob die Ereignisse seines Filmmarathons ein Teil des wirklichen Lebens wären. Verrückte Katze.

Ich sah mir das Foto erneut an und runzelte die Stirn.

Versteckte Grandma etwa ein gebrochenes Herz? Eine traurige Geschichte über eine unerwiderte Liebe? Doch das erklärte immer noch nicht den Brief und die Geburtsurkunde. Hatte William ihre Gefühle für ihn ausgenutzt, um sie dazu zu bringen, etwas Schreckliches zu tun?

„Arme Grandma", flüsterte ich.

Paisley jaulte, obwohl ich nicht mit Sicherheit sagen konnte, ob sie verstand, warum ich in diesem Moment traurig war.

Die beiden anderen sagten nichts.

Wir saßen eine Weile so da, während ich darüber nachdachte, wie ich weiter vorgehen sollte. Die Tiere waren bisher eine große Hilfe gewesen, aber ich brauchte eine zweite Meinung – eine menschliche Meinung.

„Ich rufe Charles an", verkündete ich ihnen. Ja, Charles. Er war nicht nur die Liebe meines Lebens, sondern auch der klügste und fleißigste Mensch, den ich kannte. Und schließlich war er nicht von ungefähr der jüngste Anwaltskanzleipartner aller

Zeiten in der Geschichte von ganz Blueberry Bay geworden.

Hoffentlich würde er mir aus dieser vermeintlichen Sackgasse helfen und Licht in die düstere Vergangenheit bringen können.

Zumindest würde er mich fest in den Arm nehmen und ich mich danach stärker fühlen – danach sehnte ich mich gerade ganz dringend.

17

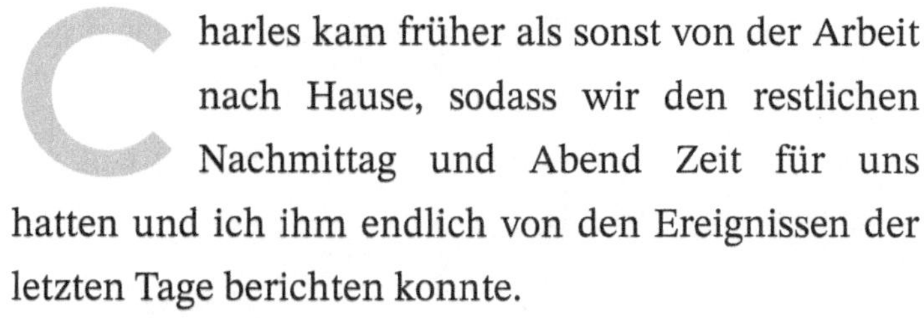

Charles kam früher als sonst von der Arbeit nach Hause, sodass wir den restlichen Nachmittag und Abend Zeit für uns hatten und ich ihm endlich von den Ereignissen der letzten Tage berichten konnte.

„Ich habe mir solche Sorgen um dich gemacht", sagte er, nachdem wir uns auf seinem recht unbequemen Modulsofa aneinandergeschmiegt hatten. „Hat Grandma dir schon etwas von dieser ganzen Geschichte gebeichtet?"

Ich hatte ihm vorher noch gar nichts erzählt, weil ich lieber persönlich mit ihm sprechen wollte und wusste, dass er am Telefon im Büro zu abgelenkt sein würde. „Nein, nichts. Und laut Paisley haben sie die Zeit in einem Motel verbracht."

„In einem Motel? Aber Grandma hat doch viele Freunde. Warum ist sie nicht zu einem von denen gegangen?" Charles kannte meine Großmutter zwar noch nicht so lange, aber selbst er verstand, wie seltsam das alles war.

Ich kuschelte mich noch tiefer in seine Arme und fühlte mich dort sicher, auch wenn der Rest meiner Welt zusammenzubrechen drohte. „Ich mache mir Sorgen um sie. Sie sah so anders aus, als sie heute nach Hause kam. So leer. Was auch immer es mit diesem Geheimnis auf sich hat, es belastet sie ungemein. Ich bin mir ehrlich gesagt nicht sicher, ob sie jemals bereit sein wird, darüber zu sprechen."

Er massierte meine Schulter in beruhigenden, kreisförmigen Bewegungen. „Könntest du damit umgehen?"

Ich schloss die Augen und dachte zum millionsten Mal darüber nach, seit Pringle mir den alten Brief übergeben hatte. Egal, wie ich es auch drehte und wendete, meine Antwort blieb immer die gleiche: „Ich wünschte, ich könnte es, aber nein. Ich muss es wissen."

Charles nickte. „Verstehe. An deiner Stelle würde ich es auch wissen wollen." Dem Himmel sei Dank für verständnisvolle Lebenspartner. Und er verstand mich nicht nur, er wollte mir auch helfen.

Dann fiel mir unser neuestes Puzzleteil wieder ein. Ich zog das Bild von Grandma und William aus meiner Handtasche und reichte es ihm.

Er hielt das alte Foto zwischen uns hoch, und wir starrten beide auf diese Momentaufnahme aus einer anderen Zeit. „Der mysteriöse William, nehme ich an?"

Ich nickte. „Pringle und Octocat haben das heute in ihrem Zimmer gefunden."

Er lachte leise und drückte mir einen Kuss auf die Schläfe. „Die zwei."

„Jep." Ein kleines Lächeln huschte über mein Gesicht.

Charles setzte sich aufrechter hin. „Diese beiden Burschen", wiederholte er, nun nachdrücklicher. „Kein schlechtes Team. Warum bringst du sie nicht her?"

Überrascht sah ich ihn an. Was hatte er vor? Warum wollte er diesen Chaoten von einem Waschbären zu sich nach Hause einladen?

Er stand auf und zog mich mit beiden Händen vom Sofa. „Bevor ich dieses Haus kaufte, gehörte es deiner Großmutter, und zwar mehr als dreißig Jahre lang. Was ist, wenn hier immer noch ein paar alte Geheimnisse versteckt liegen?"

Ein letztes Fünkchen Hoffnung keimte in mir auf. „Charles, das ist eine super Idee."

„Bedanken kannst du dich später. Jetzt holen wir erst mal den Rest unserer Spürnasen und informieren sie über den Plan."

Wir fuhren gemeinsam zu mir nach Hause und sammelten den Kater und den Waschbären ein. Octocat war nicht begeistert, aber Pringle jubelte vor Freude, als er erfuhr, dass er uns bei einem Abenteuer jenseits unseres Grundstücks begleiten würde – und dieses Mal nicht als blinder Passagier.

„Hier bin ich aufgewachsen", erklärte ich ihm bei unserer Ankunft.

Er rümpfte die Nase. „Du und Charles seid zusammen in einem Haus aufgewachsen? Ist das nicht ein bisschen ...?"

Als ich meinem Freund das übersetzte, lachte er. „Ich lebe jetzt hier, aber bis vor ein paar Jahren habe ich in Kalifornien gewohnt. Dort bin ich groß geworden, und viel weiter können zwei Orte in diesem Land gar nicht voneinander entfernt sein."

Octocat patrouillierte durch den Raum; seine Nase zuckte angewidert. „Ich wünschte, ich könnte behaupten, dass mir gefällt, was er aus dem Haus gemacht hat, aber das wäre eine Lüge."

„Was sagt er?", wollte Charles wissen.

Und mit einem verschmitzten Lächeln erklärte ich ihm: „Dass er seine alten Freunde Jacques und Jillianne begrüßen möchte." Jay und Jay, wie Charles sie nannte, waren seine Nacktkatzen, die er adoptiert hatte, nachdem sie bei einer Mordermittlung eine entscheidende Rolle gespielt hatten. Wir verbrachten damals viel Zeit in ihrer Gesellschaft, allerdings fand Octocat sie gruselig und nervig, zumal sie nur in Reimen und Rätseln sprachen.

„Musste das jetzt sein?", zischte mein Kater und verkroch sich unter dem Esstisch. Obwohl er immer noch gut zu sehen war, beschloss ich, ihn in Ruhe zu lassen. Er hatte mich zuvor ja schon darauf hingewiesen, dass es für ihn mit seinen Samtpfoten viel schwieriger war, Sachen zu durchsuchen. Ich wollte ihn nicht dazu zwingen, sonst würde er womöglich den Rest der Nacht trübselig unter dem Tisch hocken bleiben. Er konnte uns helfen, wenn ihm danach war.

„Sofern sich die Katzen uns nicht anschließen, sind es also nur wir drei, die sich auf die Suche begeben", fasste ich für Charles zusammen. „Bist du bereit, Pringle?"

Er rieb seine Hände aneinander und beugte sich vor. „Oh, ja, Baby. Ich gehe jetzt den Dachboden suchen. Bis später, Kinder."

Wir sahen zu, wie er davonhuschte. „Dir ist schon klar, dass er mit hoher Wahrscheinlichkeit irgendetwas von dir stibitzen wird, oder?"

Charles zuckte mit den Schultern. „Nicht so schlimm, wenn wir dafür weiterkommen."

„Also, wo fangen wir an?", fragte ich. Obwohl ich hier aufgewachsen war, gehörte das Haus jetzt ihm, und ich bemühte mich, das zu respektieren.

„Als ich hier einzog, standen noch ein paar alte Kisten in der Garage. Ich würde sagen, fangen wir da an."

Ich nickte und folgte ihm nach draußen.

„Wie kommst du mit dieser ganzen Sache klar?", fragte er, als wir die Kisten herausgezogen und offen vor uns hingestellt hatten.

„Nicht gut", gab ich seufzend zu. Dann durchstöberten wir ein Sammelsurium an Gartenausstattung, und ich wurde immer frustrierter.

„Das ist hoffnungslos", jammerte ich und kauerte mich in der Hocke auf den Garagenboden. „Grandma hat dieses Geheimnis fast fünfzig Jahre lang für sich behalten. Wie komme ich nur zu der Annahme, dieses Rätsel jetzt lösen zu können?"

Charles beugte sich über mich und drückte sanft mein Kinn nach oben, sodass er mir in die Augen sehen konnte. „Weil du verdammt noch mal Angie

Russo bist, deshalb. Du bist die Klügste, die Hübscheste, die Beste, und du schaffst das."

Mein Herz schlug höher. „Charles, du bist echt so ... Warte!"

Er musterte mich und seine Augen funkelten erwartungsvoll.

„Dreh dich mal um und schau nach oben. Da vorne!", rief ich und zeigte auf die Dachsparren darüber, wo eine alte, verstaubte Kiste kaum sichtbar in der Ecke hinter ein paar Holzbrettern stand. Der Karton hatte wohl mit der Zeit die Farbe der Bretter angenommen, sodass es fast unmöglich war, ihn zu entdecken, wenn man nicht wusste, wonach man suchte. Aber ich hatte es irgendwie im Gefühl und war mir sicher, dass er wichtige Informationen enthielt.

„Ich hole die Leiter", sagte Charles und sprang auf. „Du gibst mir Deckung, während ich hochklettere."

Mit etwas Geschick gelang es uns, die Kiste aus ihrem Versteck zu wuchten und sie auf den Garagenboden zu befördern. Darin fanden wir den Jackpot an Erinnerungsstücken – eine alte Baseballjacke, Schulprojekte, eine Sammlung selbst gemachter Tonfiguren und ein Fotoalbum.

„Bingo!" Mit einem glücklichen Seufzer begann

ich sofort, die Seiten durchzublättern. Ich erkannte Bilder von meinen Urgroßeltern und von der kleinen Grandma. Normalerweise würde mir beim Anblick solcher Familienfotos, die ich noch nie zuvor gesehen hatte, ganz warm ums Herz werden, aber wir hatten schließlich eine Mission.

„Hey, sieh mal da!", rief Charles, und bevor ich umblättern konnte, hatte er den Zeigefinger auf die Seite gelegt. Dort stand ein junger Mann in einem hellen Anzug vor einer Kirche, daneben ein Schild, auf dem zu lesen war:

Gottesdienste Ostersonntag:
  8 Uhr, 10 Uhr und 18 Uhr

„Kommt dir das bekannt vor?", fragte Charles und tippte aufgeregt auf das Bild.

Ich versuchte, noch mehr zu erkennen. Der Mann lächelte und in der Tat erkannte ich seine Grübchen. „Das ist William McAllister."

„Und sieh dir das Schild an!"

Als ich ihm die Gottesdienstzeiten vorlas, schüttelte er den Kopf und zeigte nach oben. „Der Name der Kirche, hier." Er tippte auf die Stelle.

„Faith Baptist Church, Larkhaven, Georgia, gegründet 1903", las ich da. „Glaubst du, dass die Kirche noch existiert? Dass man dort Informationen über William oder seine Nachkommen hat?"

Charles' Lächeln wurde breiter. „Es gibt nur einen Weg, das herauszufinden."

18

Meine Hände zitterten, als ich die Nummer in mein Telefon eintippte, die Charles und ich auf der Website der Kirche gefunden hatten. Es gab sie tatsächlich noch, die Kirche und ihre kleine Gemeinde in Larkhaven in Georgia.

Aber würden sich die Leute, die jetzt dort die Gottesdienste besuchten, noch an meine Oma und ihren William erinnern? Das war schon so viele Jahre her.

Einerseits hoffte ich, dass es so wäre, andererseits sah ich den möglichen Enthüllungen voller Sorge entgegen. Williams Brief hatte auf Probleme hinge-deutet. Wollte ich wirklich wissen, ob er und Grandma in irgendwelche üblen Machenschaften verwickelt gewesen waren? Oder was, wenn meine Großmutter völlig unschuldig war, William sie jedoch zutiefst verletzt hatte? Was, wenn sie einfach nur vergessen wollte, aber ich nun all diese schrecklichen Erinnerungen ausgrub?

Charles saß dicht an meiner Seite. „Du schaffst das. Tief durchatmen."

„Es ist der Moment der Wahrheit", raunte Octocat vom anderen Ende des Raumes. Durch die Lamellen der Jalousien sickerten einige Sonnenstrahlen, und nun sonnten er und Charles' Sphynx-Katzen sich darin wie winzige Seelöwen auf einem schmalen Felsvorsprung.

„Und du kannst das", fügte Octocat mit einem aufmunternden Schnurren hinzu.

Pringle war immer noch nicht von seiner Dachbodendurchsuchung zurück, aber mehr Unterstützung für diesen nächsten Schritt konnte ich gar nicht bekommen. Das einzige, was mich zurückhielt, war meine eigene Angst.

Dabei hatte ich schon mit Mördern zu tun gehabt und überlebt. Dagegen war das hier doch ein Kinderspiel.

Nur ein kleines Telefonat.

Ich drückte auf „Wählen" und stellte mein Handy auf laut.

Eine Frau mit einer kecken Stimme meldete sich und nannte mir den Namen der Kirche. Sie wirkte nett, hilfsbereit.

„Hallo?", sagte sie, als ich nicht sofort antwortete.

„Oh, hallo. Mein Name ist Angie, und ich recherchiere gerade etwas über meine Familie. Ich habe mich gefragt, ob Sie mir vielleicht helfen können?" Ich biss mir auf die Lippe und wartete.

„Ich bin heute noch ein paar Stunden hier. Möchten Sie auf ein Gespräch vorbeikommen?", hörte ich die Frau sagen.

Charles drückte mein Knie und murmelte erneut: „Du schaffst das."

Meine Augen ruhten auf ihm, während ich mit der Dame am anderen Ende der Leitung sprach. „Also, es ist so, ich wohne relativ weit weg und, nun ja, es ist eine etwas komplizierte Situation, aber darf ich Sie fragen, ob Sie einen Mann namens William McAllister kennen? Er war in den späten Sechzigern ein Mitglied Ihrer Kirche, und ich glaube, er ist mein lange verschollener Großvater."

„Oh je." Sie holte tief Luft, und mein Herz begann zu rasen. „Das war leider vor meiner Zeit. Ich kenne keinen William."

Eine weitere Sackgasse. Mist.

„Okay, trotzdem vielen Dank für Ihre Hilfe."

Offenbar war sie jedoch noch nicht fertig.

„Aber die McAllisters kommen immer noch jeden Sonntag zum Gottesdienst", fuhr sie fort. „Möchten Sie eine Telefonnummer von ihnen haben?"

Charles hielt den Daumen hoch und wippte begeistert mit dem Kopf. Er lächelte breit und steckte mich damit an.

„J-j-ja", stotterte ich, so aufgeregt, dass mir selbst dieses kleine Wort nicht ordentlich über die Lippen kam. „Gerne."

„Kein Problem, eine Sekunde bitte." Nach ein paar Minuten gab mir die freundliche Sekretärin eine Nummer durch.

Noch während sie diese vorlas, tippte Charles sie als Notiz in sein Handy ein.

„Die ist von Linda McAllister", erklärte sie uns. „Sie ist die Älteste der Familie und wird sich wohl am ehesten noch an Ihren Großvater erinnern. Viel Glück!"

„Ich danke Ihnen. Sie haben mir wahnsinnig geholfen", sagte ich und bekam erneut feuchte Augen.

Wir verabschiedeten uns, und ich saß schweigend da, hielt mein Handy in der Hand und weinte große Kullertränen vor Erleichterung, sodass Charles tröstend einen Arm um meine Schultern legte.

„Rufst du sie an?", fragte er.

„Ich weiß nicht", schniefte ich und biss mir auf die Lippe, wie schon so oft in den letzten Tagen. „Mir wäre es lieber, wenn Grandma mir alles erzählen würde, und nicht irgendjemand anderes."

„Aber sie gibt keinen Mucks von sich", meinte Pringle, der gerade hereingekommen war, die Arme übervoll beladen mit Beute von Charles' Dachboden. „Und findest du nicht, dass du ein Recht hast, die Wahrheit über dein eigenes Leben zu erfahren?"

„Was sagt er?", wollte Charles wissen und beäugte den Waschbären skeptisch.

„Das wir da anrufen sollen", erwiderte ich. Pringle musste seine vorwitzige Nase natürlich in sämtliche Geheimnisse stecken, von denen er Wind bekam, selbst wenn er damit ein Drama auslöste.

Charles nickte und sah wieder zu mir. „Und was denkt Octocat?"

Mein Tiger rekelte sich in der Sonne und blinzelte uns an. „Octocat denkt, dass Angela klug genug ist, um ihre eigenen Entscheidungen zu treffen." Das war eines der nettesten Dinge, die er je zu mir gesagt hatte.

„Er sagt, es sei meine Entscheidung", übersetzte ich mit einem Lächeln.

„Und so ist es. Was ist mit Jacques und Jillianne?

Was meinen sie dazu?", fragte Charles daraufhin. Ich wusste genau, was er vorhatte, und liebte ihn dafür. Er wollte mir Zeit geben, selbst zu entscheiden, und zeigte mir damit, wie sehr er mir vertraute.

Die beiden Sphynx-Katzen waren jedoch die ganze Zeit über seltsam still gewesen. Deshalb ergriff Octocat für sie das Wort.: „Die ganze Sache ist bereits ein Rätsel, also haben sie nichts hinzuzufügen. Sie sind nicht übel, wenn sie die Klappe halten, nicht wahr? Gute Kumpel für ein Nickerchen." Er gähnte und rollte sich auf den Rücken.

„Sie haben keine Meinung", erklärte ich Charles lachend.

Auch er musste lachen und drückte meine Hand. „Und ich dachte immer, sie wären diese kleinen Superhirne."

„Und was meinst du?", fragte ich ihn und drehte mich zu ihm um.

„Diesmal stimme ich dem Kater zu. Deinem Kater. Nur du weißt, was der richtige Weg ist." Er drückte mir einen Kuss auf die Lippen, dem ich für einen kurzen Moment hingebungsvoll nachhing.

„Ich kann nicht glauben, dass er mir nachplappert und dich damit auch noch um den Finger wickelt", entfuhr es Octocat schaudernd. „Jay und Jay, es war nett mit euch", sagte er zu den beiden haarlosen Katzen, als er das Wohnzimmer verließ. „Aber ich gehe jetzt besser."

„Lass mich raten", sagte Charles lachend. „Er findet uns eklig und will nichts mehr mit uns zu tun haben."

„Jep, aber wenigstens hat er dich dieses Mal nicht Kotzbrocken genannt. Das ist doch mal ein echter Fortschritt." Ich seufzte glücklich. Egal, was als Nächstes passierte, ich würde immer noch Charles, Octocat, meine Mom und meinen Dad und auch Grandma haben. Nichts musste sich ändern. Ich konnte bestimmen, was ich mit den Informationen, die ich möglicherweise erhalten würde, anstellen wollte. Es war immer noch mein Leben, und ich konnte tun und lassen, was ich wollte.

Charles küsste mich auf den Scheitel, dann legte er seine Wange an meinen Kopf. „Also, was hast du dir überlegt, Angie?" Seine Stimme hallte merkwürdig in mir wider.

Ich holte tief Luft, setzte mich aufrecht hin und tätigte eben jenen Anruf, denn ich wusste, nur so würde ich mein Leben wieder in den Griff bekommen.

Dies war meine Entscheidung, und ich war bereit, es mit den Konsequenzen aufzunehmen.

Nichts konnte mich mehr davon abhalten.

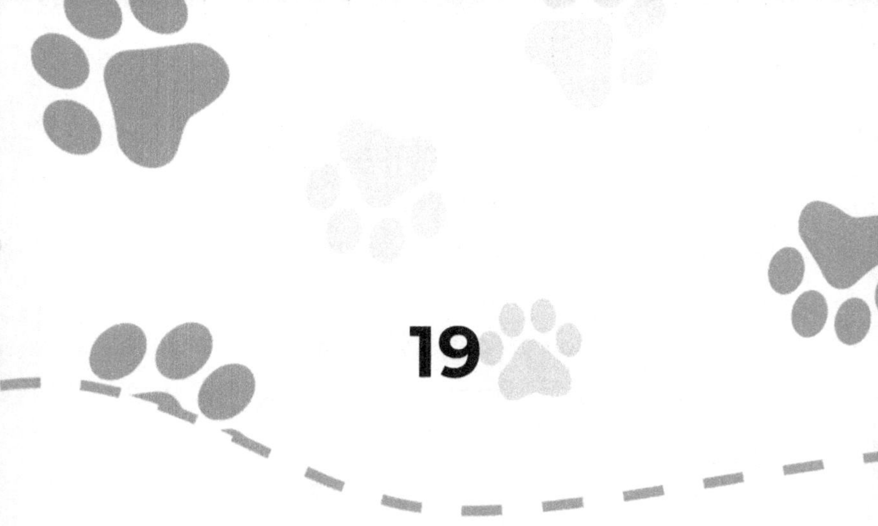

19

Einige Stunden später saß ich in der kühlen Abendluft auf meiner Veranda und wärmte meine Hände an einer heißen Tasse Tee. Ich lehnte mich an das Geländer und streckte die Beine aus. Paisley hatte sich auf meinem Schoß eingerollt, und Octocat lag dösend neben mir. Pringle hatte sich bereits mit den neuen Schätzen, die er sich auf Charles' Dachboden geangelt hatte, in seine privaten Gemächer zurückgezogen, und mein Freund war nach Hause gefahren, um mir etwas Privatsphäre zu geben.

„Danke, dass du dich bereit erklärt hast, mit mir zu reden", sagte ich zu der älteren Frau, die auf dem nahen Schaukelstuhl saß und ebenfalls eine volle Tasse Tee in den Händen hielt.

„Natürlich, Liebes", antwortete sie mit einem entrückten Lächeln, das ihr fast alle Energie zu rauben schien. „Ich hätte schon viel früher mit dir darüber sprechen sollen."

Ich drehte den Becher hin und her und suchte nach den richtigen Worten. Wo sollte ich anfangen? Als Erstes wollte ich mich bei ihr entschuldigen. „Es tut mir leid. Ich hätte dir kein Ultimatum stellen sollen, aber ..."

„Schon gut." Ihre Stimme klang sanft und beruhigend. „Ich hätte es nicht so weit kommen lassen dürfen. Danke, dass du mir die Chance gegeben hast, es zuerst selbst zu erklären."

„Grandma, egal, was damals passiert ist, es ändert nichts an den vielen wunderbaren Jahren, die wir zusammen verbracht haben. Es ändert nichts an der Tatsache, dass du der Mensch bist, den ich auf der ganzen Welt am meisten liebe. Du bist meine beste Freundin."

Octocat rührte sich im Schlaf und grummelte einen leisen Protest.

„Und Octocat ist natürlich mein bester Freund", ergänzte ich leise lachend.

„Zeig mir mal, was du gefunden hast", sagte sie ohne Umschweife. Die Situation fiel ihr schwer, das wusste ich, aber ich war sehr froh, dass sie sich ein

Herz gefasst hatte, um mir all diese Dinge zu erzählen, die ich so sehnlichst wissen wollte.

Ich hatte die Nummer, die mir die Dame von der Kirche gegeben hatte, nicht gewählt. Stattdessen hatte ich meine Großmutter angerufen und ihr gesagt, dass ich nach Antworten gesucht und vielleicht auch welche gefunden hatte, aber lieber zuerst mit ihr sprechen wollte, wenn sie dazu bereit war.

Sie hatte um ein paar Stunden Zeit gebeten, um sich zu sammeln, meinte jedoch, wir könnten am Abend darüber reden. Und jetzt waren wir hier.

„Dass ich den Brief und die Geburtsurkunde gesehen habe, weißt du ja. Pringle hat sie wieder mitgenommen. Aber wir haben auch diese beiden Bilder hier gefunden." Ich stellte meinen Tee beiseite und erhob mich vorsichtig, wobei ich Paisley festhielt, während ich aufstand.

„Ah, William", seufzte sie, und ihre hellen Augen glänzten. Aber waren es freudige Erinnerungen, die sie an diesen Mann hatte? Ich konnte es nicht genau sagen.

„Wer war er für dich?", fragte ich, immer noch völlig verwirrt von all dem, was ich schon wusste und was ich noch nicht wusste.

Mit zittrigen Fingern berührte sie sein Gesicht auf dem Foto. „Er war mein bester Freund in meiner

Kindheit. Wir haben alles zusammen gemacht. Fast wie Bruder und Schwester, bis wir in die Pubertät kamen und sich unsere Beziehung plötzlich ganz anders anfühlte."

„Du hast dich in ihn verliebt."

„Ja, stimmt", bestätigte sie mir und schüttelte traurig den Kopf. „Und eine Zeit lang dachte ich, er würde mich auch lieben, aber dann kam Marilyn Jones."

„Der Name auf der Geburtsurkunde." Ich dachte zurück an die Nacht vor ein paar Tagen, als ich hier draußen alleine stand, den schockierenden Inhalt seines Briefes las und zum ersten Mal die Geburtsurkunde meiner Mutter sah.

Sie nickte. „Deine echte Großmutter."

„Ich verstehe das nicht. Was ist passiert?" Tröstend legte ich ihr die Hand auf die Schulter und ermutigte sie weiterzuerzählen. Es gab noch so viel Ungesagtes zwischen uns.

„Ich weiß nicht, was mit Marilyn passiert ist, nur dass William mir mitteilte, sie sei weg. Er machte sich Sorgen um seine Tochter, um Laura, deine Mutter. Und das zurecht, denn er ging zurück in den Krieg und starb noch im selben Jahr bei einem Kampfeinsatz."

Mir kamen die Tränen und ich weinte um den

Freund, den Grandma verloren hatte, um den Großvater, den ich nie kennenlernen durfte. „Oh, Grandma, es tut mir so leid."

Sie schniefte und lächelte zu mir hoch. „Zu diesem Zeitpunkt hatte ich deinen Großvater kennen und lieben gelernt. Wir haben deine Mutter offiziell adoptiert und sie wie unsere eigene Tochter aufgezogen, immer in der Angst, dass Marilyn kommen und uns unsere Tochter wegnehmen könnte, jahrelang. Wir versteckten uns zwar nicht, da ich aufgrund meiner Arbeit als Schauspielerin in der Öffentlichkeit stand, aber wir waren immer auf der Hut."

„Und was ist dann passiert?"

Sie zitterte am ganzen Körper, und ich ahnte, dass wir den schwierigsten Teil der Geschichte erreicht hatten, den Teil, den sie so sehr zu vergessen versucht hatte.

„Als deine Mutter elf war, hat Marilyn uns ausfindig gemacht. Sie kam zu einer meiner Vorstellungen und stellte mich danach zur Rede. Sie sagte, Williams Schwester hätte ihr erzählt, was er getan hatte, und dass sie ihr Baby zurückhaben wollte." Tränen tropften in ihren Tee, den sie ohnehin noch nicht angerührt hatte.

Ich wollte sie trösten, war aber starr vor Schreck.

Nicht auszudenken, was da beinahe passiert wäre. Wie anders wäre das Leben meiner Mutter verlaufen, wenn ...? Und wäre ich dann überhaupt geboren worden?

„O mein Gott, nach all den Jahren? Was hast du dann gemacht?" Ich hatte das Gefühl, ich würde durchdrehen, wenn ich es nicht sofort erfuhr.

„Ich habe zugestimmt, sie am nächsten Tag zu treffen und Laura mitzubringen." Ihr versagte kurz die Stimme. „Und dann haben dein Großvater und ich gepackt und die Stadt verlassen."

„Nach Blueberry Bay", flüsterte ich.

„Nach Blueberry Bay", bestätigte sie.

„Wie ging das mit Marilyn weiter?"

Grandma schüttelte energisch den Kopf. Ihr Tee schwappte über, aber sie schien es gar nicht wahrzunehmen. „Ich weiß es nicht. Wir haben alles hinter uns gelassen, um unsere Familie zusammenhalten zu können. Deine Mutter war zwar nicht unser leibliches Kind, aber sie gehörte zu uns. Und ich wusste nicht, warum William seine einzige Tochter weggeschickt hatte, aber ich kannte ihn und war überzeugt, dass er seine Gründe gehabt haben musste."

„Wow." Ich atmete schwer, immer noch unter Schock. „Weiß Mom das alles?"

„Natürlich nicht", antwortete sie mit zittriger Stimme. Noch nie hatte ich sie so angeschlagen erlebt. „Wie hätte ich ihr sagen können, dass ich sie gestohlen habe?"

Und plötzlich funktionierten meine Beine wieder. Ich stand auf, zog meine Großmutter zu mir hoch und umarmte sie fest. „Du wusstest doch nicht, was mit ihrer Mutter war. Dein bester Freund hat sie dir anvertraut, und du hast ihm vertraut."

„Damals, ja", flüsterte sie mir ins Haar. „Aber als Marilyn uns in New York aufgespürt hat, habe ich eine Entscheidung getroffen, eine egoistische Entscheidung, durch die Laura nicht ihre richtige Mutter und du nicht deine richtige Großmutter kennengelernt hast."

„Du bist meine richtige Großmutter", entgegnete ich und schlang meine Arme noch fester um sie. „Ich habe dir doch gesagt, dass sich daran nichts ändern wird. Auch jetzt nicht."

„Das weiß ich zu schätzen, Liebes." Sie löste sich aus meinen Armen und musterte mich mit einem kleinen Lächeln und strahlenden Augen. „Manchmal glaube ich, dass ich mich sogar noch mehr in dich verliebt habe, als ich mir erlaubt habe, deine Mutter zu lieben, weil ich wusste, dass niemand auftauchen und versuchen würde, dich mir wegzunehmen."

Nun wurde mir vieles klarer, warum sie es war, die mich hauptsächlich großgezogen hatte, obwohl meine Eltern hier waren und das auch hätten tun können. Doch welche Gründe auch immer es gegeben haben mochte, ich hatte eine superschöne Kindheit, und auch mein Leben heute liebte ich sehr. Und ich liebte die Frau, die so viel riskiert und mir dieses Leben ermöglicht hatte.

Ich küsste sie auf die Wange. „Ich fand jeden einzelnen Tag mit dir ganz wunderbar, Grandma. Also, abgesehen von dem Tag, an dem du mit Paisley in ein Motel verschwunden bist und dich vor mir versteckt hast."

Wir lächelten uns an, und dann lachten wir miteinander, zum ersten Mal nach einer gefühlten Ewigkeit.

„Du hasst mich nicht?", fragte sie mit zittriger Stimme.

„Ich könnte dich niemals hassen." Ich hielt inne, unsicher, ob das, was ich nun sagen wollte, sie verletzen würde. „Aber ich möchte sie kennenlernen."

Grandma nickte. „Das dachte ich mir schon."

„Wie sollen wir das angehen?" Ich wollte mehr erfahren, jedoch nicht ohne ihre Unterstützung.

„Zusammen." Sie streckte ihre Hand aus und

ergriff die meine. „Ich habe so viele Jahre damit verbracht, vor der Wahrheit davonzulaufen. Jetzt lass uns gemeinsam auf sie zugehen."

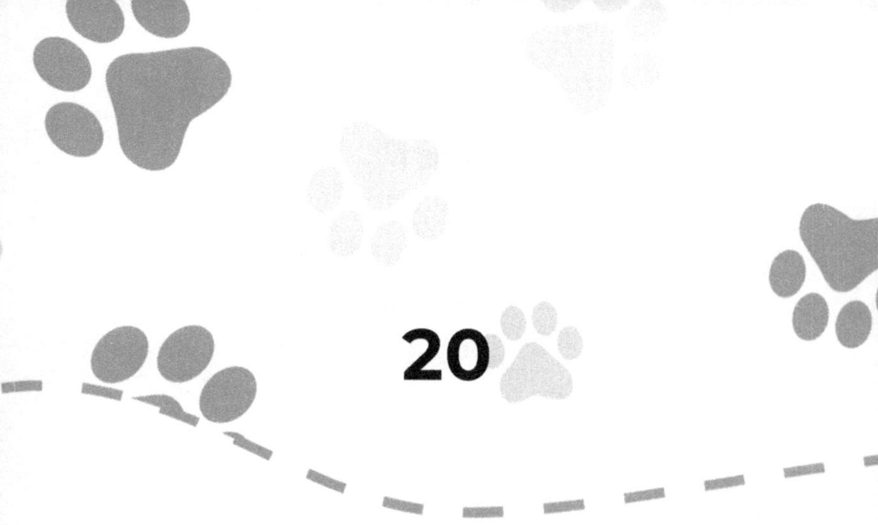

20

Danach ging alles Schlag auf Schlag.

Grandma zeigte mir ihre ganzen alten Fotos und Erinnerungsstücke, die sie versteckt gehalten hatte, weil sie fürchtete, ihre geheime Geschichte könnte ans Licht kommen. Ich sah Bilder von ihrer Kindheit in Georgia und von ihr als junge Frau, die sich unglücklich in ihren besten Freund verliebt hatte. Ich wusste immer noch nicht, warum William beschlossen hatte, sein Baby Grandma anzuvertrauen, obwohl Lauras Mutter noch am Leben war. Wahrscheinlich gab es nur eine einzige Person, die die Antwort darauf wusste, und das war Marilyn Jones selbst. Allerdings hatten wir keine Ahnung, wo wir nach ihr suchen sollten oder ob sie überhaupt noch am Leben war.

Pringle brüstete sich damit, den Fall gelöst zu haben, und bestand darauf, dass ich sein Honorar verdoppelte, weil ihm das so schnell gelungen sei. Außerdem verlangte er, ich müsse ihn innerhalb von drei Tagen bezahlen, sonst würde noch mal das Doppelte fällig werden.

Was er verlangte? Ein neues Haus, da wir seine Wohnung unter der Veranda mit unseren Schaufeln angeblich irreparabel beschädigt hätten. Obendrein forderte er, dass wir ihm ein neues Büro für „Pringle Whisperer, P.I." bauten.

Zum Glück kannten wir den allerbesten Handwerker in ganz Blueberry Bay, einen gewissen Brock „Cal" Calhoun. Er leistete nicht nur schnelle und spitzenmäßige Arbeit, sondern stellte auch nicht viele Fragen – zum Beispiel, warum eine alleinstehende Frau und ihre Großmutter nicht nur eine, sondern gleich zwei große Baumhäuser in ihrem Garten errichten wollten oder warum eines davon mit Strom und einer Satellitenschüssel ausgestattet werden musste.

Als Cal mit dem Bau der beiden nebeneinanderstehenden Baumhäuser fertig war und Pringle einzog, machte ich ihn mit Reality-TV-Sendungen vertraut, der ultimativen Quelle für pikante Geheimnisse und echte menschliche Dramen – zumindest verkaufte ich ihm das so.

Natürlich wurde er sofort in den Bann einer schon ewig laufenden Reality-Show hineingezogen, und er wurde nicht müde, sich auch die zahlreichen älteren Folgen davon anzusehen. Es machte ihm Spaß, die Menschen und ihre mangelnden Fähigkeiten auszulachen, während sie in der Wildnis ums Überleben kämpften.

„Ich bin ein Star – holt mich hier raus!", rief er zwischendurch belustigt. „Ha! Wenn da ein Waschbär mitmachen dürfte, würdet ihr mal sehen, wie das richtig geht!"

Pringle verbrachte mittlerweile fast seine gesamte Zeit vor seinem neuen Fernseher, was erfreulicherweise bedeutete, dass er mir keine Schwierigkeiten bereitete. Na ja, zumindest im Moment nicht.

Octocat brauchte keine großen Überredungskünste, um den Waschbären davon zu überzeugen, sich unserer Detektei anzuschließen, anstatt mit uns zu konkurrieren.

„Denk darüber nach, Pringle", säuselte er. „Du magst doch Geheimnisse. Und in deinem neuen Job bist du dafür zuständig, alles zu bewahren, was ‚top secret' ist. Dann bist du unser Chefgeheimnishüter, der ‚Master Secret Keeper', kurz M.S.K."

„Oooh, das ist sogar noch besser als Private Investigator", krähte er. „Es hat mehr Buchstaben als P.I., bessere Buchstaben!"

In Wirklichkeit haben wir daraufhin nur unsere Aktenschränke in sein selten genutztes Bürobaumhaus gebracht, aber zumindest wusste ich, dass sie dort sicher aufgehoben waren, da er seine Lieblingsschätze stets mit aller Kraft verteidigte.

Als Cal mit dem Bau der Baumhäuser fertig war, flickte er auch das Loch in unserem Dach, damit keine Tiere mehr auf unseren Dachboden krabbeln konnten. Er half uns außerdem dabei, Pringles ehemaliges Versteck unter der Veranda freizuräumen, und legte dann einen soliden Steinsockel an – damit nicht noch mehr wildes Getier bei uns einzog. Ich hatte zwar nichts dagegen, mit meinen tierischen Nachbarn auf Tuchfühlung zu gehen, aber alles hat schließlich seine Grenzen.

Julie ihrerseits war unglaublich erleichtert, als sie erfuhr, dass sämtliche fehlenden Briefe wieder aufgetaucht waren. Ihre Chefs bei der Post ließen sie vom Haken, sorgten aber dafür, dass in der ganzen Stadt Infoblätter verteilt wurden, die vor hochintelligenten, verhaltensgestörten Waldtieren warnten.

Ehrlich gesagt, ich fand es urkomisch.

Und Pringle auch.

Als ich eines davon mit nach Hause brachte, um es ihm zu zeigen, riss er mir es begeistert aus den Händen und rannte dann durch die Nachbarschaft, um so viele wie möglich für seine Schatzkammer zu sammeln. Mit Sicherheit würde er irgendwann schluderig gefaltete Origami-Kraniche daraus basteln, vorausgesetzt, er hörte mal für eine Weile auf fernzusehen.

All das waren zwar großartige Entwicklungen, aber das Wichtigste überhaupt nach dem ganzen Wirrwarr stand noch aus: Grandma und ich mussten die Familie wieder zusammenführen.

Deshalb hatten wir meine Mom zu uns eingeladen.

Großmutter hatte all ihre Lieblingsküchlein gebacken und ermunterte uns immer wieder zuzugreifen, während sie uns ihre Bilder von früher zeigte und uns unsere gemeinsame Vergangenheit erklärte, die bislang im Verborgenen geblieben war. Pringle hatte uns sogar großzügigerweise die Geburtsurkunde und den Brief von William zurückgegeben, damit wir sie als Einstieg in das Gespräch nutzen konnten.

„Es gibt noch vieles, was wir nicht wissen", erklärte ich meiner Mutter, die stoisch dasaß und alles auf sich wirken ließ. Ich schätze, da sie eine Enthüllungsjournalistin war, hatte sie zwar schon die unglaublichsten Geschichten aufgedeckt, aber das machte diese Sache hier nicht unbedingt einfacher.

„Ich kann es nicht glauben. Ich habe noch eine Mutter da draußen", sagte sie mit einem ehrlichen Lächeln. „Wie war sie denn so?"

„Ich habe sie nicht wirklich gekannt", meinte Grandma. „Aber sie war sehr hübsch, genau wie du." Sie stupste mich am Arm an. „Und du, Liebes."

„Können wir sie ausfindig machen? Kann ich sie treffen?", fragte Mom mit einem entschlossenen Funkeln in den Augen. Herausforderungen hatte sie schon immer geliebt, und auch vor dieser schien sie nicht zurückzuschrecken.

„Ich werde so lange suchen, bis wir sie gefunden haben", versprach ich, nahm die Hand meiner Mutter und drückte sie fest. „Und wir haben tatsächlich noch mehr Familie da draußen, die wir noch nicht kennen."

Grandma atmete bebend ein, und ich schenkte ihr ein beruhigendes Lächeln, bevor ich mich wieder meiner Mutter zuwandte und verriet: „Ich habe ihre Telefonnummer. Sollen wir sie anrufen?"

Wir erzählten Mom von den McAllisters in Larkhaven in Georgia und wie mir die Sekretärin der Kirche dort geholfen hatte.

„Können wir sie wirklich anrufen?", fragte meine Mutter ungläubig. „Einfach so?"

„Hey, man weiß ja nie", erwiderte ich und lächelte verschmitzt. „Vielleicht haben sie auch schon nach uns gesucht."

„Es gibt nur einen Weg, das herauszufinden", sagte Grandma, die hinter uns getreten war und uns beide umarmte.

„Bist du wirklich damit einverstanden?", wollte Mom wissen. „Es muss beängstigend für dich sein, so auf die Ereignisse von damals zurückzublicken."

„Ich blicke nicht zurück", sagte Grandma und lächelte wehmütig. „Nur nach vorn, zusammen mit meinen beiden Mädchen."

Mom nickte, und ich tippte die Nummer ein, die ich schon lange auswendig kannte, obwohl es das erste Mal war, dass ich sie tatsächlich wählte.

Es klingelte dreimal und dann ...

„Hallo?", meldet sich eine Frau, die ungefähr so alt klang wie meine Mutter.

„Ist da Linda McAllister?", fragte ich mit Freudentränen in den Augen. Sie war es, das wusste ich in diesem Moment einfach, also sagte ich ohne zu zögern: „Weil ich glaube, dass wir vielleicht verwandt sind."

Obwohl unser Anruf völlig überraschend für Linda kam, unterhielten wir uns mehr als zwei Stunden lang und kamen uns dabei immer näher, bis schließlich keiner von uns auch nur leise daran zweifelte, dass wir wahrhaftig eine Familie waren.

„Wann kommt ihr denn nach Larkhaven, um mich zu besuchen?", fragte Linda.

„Bald", versicherte ich ihr und strahlte dabei über das ganze Gesicht. „Sehr bald."

Wie geht es weiter?
Finde es schnell heraus …

Himalaya-Horror **ist jetzt erhältlich.**

Sichere dir noch heute dein Exemplar, damit du direkt mit der Fortsetzung dieser verrückten Krimiserie weiterlesen kannst!

*** * ***

Und vergiss nicht, dich in Mollys Liste einzutragen, damit du über alle Neuerscheinungen, monatlich stattfindende Verlosungen und weitere coole Aktionen (einschließlich jeder Menge Katzenfotos) informiert bleibst.

Hole dir noch heute dein persönliches Exemplar und fange direkt an zu lesen.
Katzengeheimnisse.com/abonnieren

WIE GEHT ES WEITER?

Meine ganze Welt scheint kopfzustehen, seitdem ich und meine Spürnasenhelfer herausgefunden haben, dass Großmutter ein bedeutsames Familiengeheimnis lange Zeit hübsch auf dem Dachboden versteckt hat.

Schlimmer noch, wir wissen bisher nicht genau, was damals wirklich passiert ist, und für mich gibt es noch so viele offene Fragen. Ist Grandma überhaupt noch diejenige, für die ich sie immer gehalten habe? Und kann ich ihr jemals wieder voll vertrauen?

Da sie mir keine konkreten Antworten gibt, fahre ich jetzt mit dem Zug quer durchs ganze Land, zusammen mit meinen Eltern, um endlich die Wahrheit ans Licht zu bringen. Auch Octocat ist mit von der Partie – zum Glück, denn kaum sind wir unterwegs, treffen wir auch schon auf eine Leiche im Speisewagen.

Jetzt haben wir zwei Rätsel zu lösen und zwar schnell – unsere Leben hängen davon ab.

Hole dir noch heute dein persönliches Exemplar und fange direkt an zu lesen.

Viel Spaß!

HIMALAYA-HORROR

Mein Name ist Angie Russo, und in letzter Zeit hat mein Leben eine dramatische Wendung nach der anderen genommen. Ernsthaft, ich weiß gar nicht, wo ich anfangen soll.

Der Dreh- und Angelpunkt von alledem ist tatsächlich mein Kater.

Das klingt langweilig? Mitnichten!

Meine Fellnase kann nämlich sprechen. Zwar nur mit mir, aber immerhin.

Wir haben uns in der Anwaltskanzlei kennengelernt, in der ich früher als Assistentin gearbeitet habe. Zugegeben, diesen Job habe ich nie wirklich geliebt, aber ich konnte mich damit gut über Wasser halten, also bin ich geblieben, auch wenn man mich eher wie eine bessere Sekretärin behandelt hat und nicht wie eine clevere Privatdetektivin. Denn die bin ich, und ich habe hart dafür geschuftet.

Damals stand in der Kanzlei eines Morgens eine Testamentseröffnung an, und ich wurde beordert, Kaffee für alle Beteiligten zu kochen. Leider war unsere Kaffeemaschine ungefähr eine Million Jahre alt und selbst dann unberechenbar, wenn sie einen guten Tag hatte. An jenem Tag war sie mit Sicherheit extrem mies drauf. Eigentlich hatte ich nur den ollen Kaffee zubereiten und dann wieder an die Arbeit gehen wollen, doch bevor ich mich versah, versetzte sie mir einen mächtigen Stromschlag und ich sank bewusstlos zu Boden.

Und als ich nach dem Elektroschock wieder zu mir kam, saß ein getigerter Kater auf meiner Brust, der gemeine Witze riss uns sich auf meine Kosten amüsierte. Nachdem ich endlich gecheckt hatte, dass er es war, der da sprach, und er merkte, dass ich verstand, was er sagte, beauftragte er mich, ihm bei der Aufklärung des Mordes an seiner verstorbenen Besitzerin zu helfen.

So wurden Octavius Maxwell Ricardo Edmund Frederick Freiherr von Fulton-Russo und ich ein Team. Seinen unaussprechlichen Vornamen verkürzte ich zu Octocat und nach einiger Zeit wurde ich seine offizielle Besitzerin – obwohl er sicher behaupten würde, dass er mich besitzt und nicht umgekehrt. Nun ja … irgendwie stimmt das auch.

Er trat also mit einem Mordfall in mein Leben und dann mit einem üppigen Treuhandfonds und einer noch üppigeren Liste von Forderungen. Jetzt hausen wir zusammen in der vornehmen Villa, die früher seiner verstorbenen Besitzerin gehörte, trinken gekühltes Evian aus feinen Porzellantassen und betreiben die beste und einzige Privatdetektei der Gegend.

Zwischenzeitlich gab es einen kurzen Aufruhr, weil ein Waschbär namens Pringle uns mit seiner eigenen Ermittlungsfirma Konkurrenz machen wollte, aber das haben wir inzwischen geklärt. Tatsächlich konnte ich anfänglich nur mit Octocat sprechen, doch mittlerweile kann ich auch mit anderen Tieren kommunizieren.

Zu den Hauptfiguren, die sich regelmäßig in meinem Leben tummeln, gehören ein ewig optimistischer Chihuahua namens Paisley, der berüchtigte Waschbär – nun auch bekannt als der Master Secret Keeper unserer Firma –, ein zerstreutes, von Nüssen besessenes Eichhörnchen namens Maple und meine verrückte Großmutter, genannt „Grandma", mit der ich zusammenwohne.

Ehrlich gesagt, ich wünschte, wir hätten auch

einen gefiederten Freund mit im Bunde, aber die Waldvögel hier sind komischerweise alle zu ängstlich, um mit mir oder Octocat zu sprechen.

Und trotz unserer vielfältigen Fähigkeiten läuft unsere Privatdetektei nicht gerade super. Wir hatten bisher nur einen Fall, und für den wurden wir nicht einmal bezahlt. Doch ich weiß, dass wir es irgendwann schaffen werden, wenn wir nur dranbleiben und weiter an uns glauben ...

Stimmt's?

Zumindest behauptet das Paisley.

Davon abgesehen gibt es eine Sache in meinem Leben, die uns trotz fehlender Aufträge in letzter Zeit ganz schön auf Trab gehalten hat. Ich habe nämlich entdeckt, dass ich noch eine andere, große Familie in Larkhaven in Georgia habe, von deren Existenz ich bis vor ein paar Wochen überhaupt nichts wusste. Mehr noch, sie haben meine Mom, meinen Dad und mich zu einem ausgiebigen Besuch eingeladen, damit wir uns alle kennen lernen können.

Octocat hat darauf bestanden mitzukommen. Und da er lange Autofahrten hasst und sich weigert, in ein Flugzeug zu steigen, werden wir deshalb mit dem Zug fahren. Yeah.

Sicher, kostengünstiger ist es schon, aber es wird länger als einen Tag dauern, um dorthin zu gelangen.

Aber den Tiger zurücklassen? Nein, kommt nicht infrage, schließlich habe ich es ihm maßgeblich zu verdanken, dass ich dem verborgenen Zweig unserer Familie auf die Spur gekommen bin.

Ja, Grandma hatte diese Familie mein ganzes Leben lang vor uns geheim gehalten, auch vor meiner Mutter. Aber jetzt, wo wir sie gefunden haben, können wir es kaum erwarten, sie persönlich kennenzulernen. Grandma will nicht mitkommen, obwohl Mom und ich ihr versichert haben, dass wir sie gerne dabei hätten. Sie fühlt sich immer noch schuldig wegen der ganzen Geschichte.

Vielleicht können wir sie beim nächsten Besuch überreden, uns zu begleiten. Ich hoffe es, denn trotz der Tatsache, dass sie mir die Wahrheit so lange verheimlicht hat, ist sie immer noch meine beste Freundin und mein allerliebster Mensch auf der ganzen weiten Welt.

Deshalb fällt es mir so schwer, mich jetzt von ihr zu verabschieden …

* * *

„Versprich mir, dass du jeden Tag anrufst", jammerte ich und drückte meine Großmutter so feste, dass sie wahrscheinlich kaum noch Luft bekam.

„Mami, ich werde dich auch vermissen!" Paisley, Grandmas dreifarbige Chihuahua-Hündin und ein Fliegengewicht von etwa zweieinhalb Kilo, heulte und tänzelte an ihrer neonpinken Leine auf dem Bahnsteig herum.

Ich nahm sie auf den Arm und drückte ihr mehrere Schmatzer auf ihr süßes kleines Gesicht. „Ich werde dich auch vermissen", säuselte ich mit meiner zuckersüßen, leicht abgedrehten Tiermamastimme. Wenn ich in der Öffentlichkeit so mit meinen Vierbeinern sprach, hielten mich die Leute zwar für seltsam, aber meine geheime Fähigkeit konnte ich damit gut vertuschen. „Mami kommt in sechzehn Tagen zurück. Du kannst doch sechzehn Tage warten, oder?"

„Ich weiß nicht, wie man zählt", erwiderte Paisley mit einem fröhlichen Bellen.

Ich übergab sie Grandma und nahm meiner Mutter die Transportkiste mit Octocat ab, damit auch sie sich verabschieden konnte.

Mein Kater knurrte empört, weil die Kiste leicht schaukelte. „Hey, hier ist eine empfindliche Fracht drin!"

Mom und Grandma verabschiedeten sich kurz, und dann setzte ich Octocat ab, um sie erneut zu umarmen. Es klingt vielleicht komisch, aber ehrlich gesagt, so lange war ich noch nie von meiner Großmutter getrennt gewesen. Ich war in ihrem Haus aufgewachsen und hatte sogar die meiste Zeit meines Erwachsenenlebens bei ihr gelebt – und jetzt wohnte sie bei mir.

Scharen von Fahrgästen mit großen Rollkoffern im Schlepptau liefen links und rechts an uns vorbei, und ich musste einen Schritt zurücktreten, um nicht von einer Frau angerempelt zu werden, die offensichtlich sehr in ein Telefongespräch vertieft war.

„Schau mal", flüsterte ich Octocat zu. „Sie hat auch eine Katzentransportbox."

Tatsächlich. Nur ihre war deutlich ausgefallener, mit reichlich Flitter an der Außenseite, vermutlich sogar mit echten Diamanten oder zumindest Swarovski-Kristallen.

„Angeber", murmelte mein Kater, auch wenn ich mir ziemlich sicher war, dass er nur zu gerne eine solch aufgemotzte Katzenbox sein Eigen genannt hätte, obwohl er natürlich niemals freiwillig, sondern nur mit einem Riesenspektakel hineingehen würde.

„Es überrascht mich, dass hier so viele Leute unterwegs sind", sagte mein Vater und schaute sich unbehaglich um. „Ich wusste gar nicht, dass überhaupt noch jemand Zug fährt, wo es doch so viele andere Möglichkeiten gibt."

„Ich finde es romantisch", schwärmte meine Mutter, die sich an ihn lehnte und ihm dabei vermutlich an den Hintern griff. Das Geturtel der beiden, selbst nach dreißig Jahren Ehe, trieb mich mitunter in den Wahnsinn; teilweise benahmen sie sich wirklich wie Teenies.

„Ich fühle mich, als würde ich gleich zum allerersten Mal das Gleis 9 ¾ in King's Cross stürmen", sagte ich mit einem Schnauben und kicherte.

„Wann warst du in King's Cross?", fragte mein Vater mit gerunzelter Stirn.

Ach, du meine Güte. Manchmal hatte man es nicht leicht, der einzige begeisterte Leser in der Familie zu sein. Hatten meine Eltern selbst die Filme noch nie gesehen?

„Nicht dein Ernst, oder?", rief ich. „Okay, wir werden etwa dreißig Stunden in diesem Zug verbringen. Mehr als genug Zeit für einen Harry-Potter-Filmmarathon, und wenn wir wieder zu Hause sind, leihe ich euch meine Büchersammlung, damit ihr euch das Ganze auch noch einmal in allen Details zu Gemüte führen könnt."

„Hausaufgaben?", jammerte Mom.

„Dann müssen wir wohl nachsitzen", witzelte Dad.

Und dann küssten sie sich so lange und heftig,

dass der Fuß meiner Mutter hochschnellte, als wäre sie eine Märchenprinzessin, die ihren ersten innigen Kuss bekommt. Nur dass dies mindestens der sechsmillionste innige Kuss war.

Das konnte ja heiter werden.

„Der Schaffner winkt euch zu, ihr sollt einsteigen", sagte Grandma und deutete auf einen Uniformierten vor unserem Zugwagen. „Beeilt euch besser."

„Bist du bereit?", fragte ich Octocat.

„Hol mich einfach aus diesem Ding raus", murrte er, als wäre diese Bahnreise nicht seine Idee gewesen.

„Entspann dich", raunte ich ihm zu, während wir uns zur Einstiegsstufe begaben. „In zwei Minuten bist du da raus, und dann läuft sicher alles wie geschmiert. Was kann in einem Zug schon Schlimmes passieren?"

Ich hätte es wirklich besser wissen müssen.

Hole dir noch heute dein persönliches Exemplar und fange direkt an zu lesen.

ÜBER MOLLY FITZ

Obwohl USA-Today-Bestsellerautorin Molly Fitz genau genommen nicht mit Tieren sprechen kann, führen sie und ihre drei tierischen Co-Autoren oft tiefgründige und lebhafte Gespräche, während sie den alltäglichen Dingen des Lebens nachgehen.

Molly lebt mit ihrem Kind und ihrem eigenen Privatzoo irgendwo in der Wildnis von Alaska. Gelegentlich wagt sie sich hinaus, um ein exquisites Essen zu genießen, einen guten Kaffee zu trinken oder neue Tierfreunde zu treffen.

Erfahre mehr über Molly und ihre deutschen Veröffentlichungen, indem du dich gleich für ihren Newsletter anmeldest:

www.katzengeheimnisse.com

MISS DOLITTLES GEHEIMNIS

Angie Russo hat sich gerade mit dem ersten sprechenden Katzendetektiv von Blueberry Bay zusammengetan. Gemeinsam mit seiner bunt zusammengewürfelten Schar menschlicher und tierischer Helfer ist Octocat fest entschlossen, jede Situation zu retten – solange sie nicht mit seinem persönlichen Zeitplan kollidiert.

Viel Spaß mit Band 1 – **Kommissar Katerchen**

MERLINS MAGISCHE ABENTEUER

Gracie Springs ist keine Hexe ... ihr Kater hingegen schon. Jetzt muss sie alles in ihrer Macht Stehende tun, um sein Geheimnis zu wahren, oder sie riskiert, den Rest ihres Lebens in einem magischen Gefängnis zu verbringen. Zu dumm, dass sie den Ärger geradezu magnetisch anzuziehen scheint!

Viel Spaß mit Band 1 – **Merlin findet eine Vertraute**

AGENTUR FÜR PARANORMALE ZEITARBEIT

Tawny Bigfords gewöhnlich zu nennendes Leben nimmt eine magische Wendung, als sie über die Leiche ihrer Vermieterin stolpert und von einer sprechenden schwarzen Katze rekrutiert wird, die Rolle der Verstorbenen als offizielle Stadthexe von Beech Grove, Georgia, zu übernehmen.

Viel Spaß mit Band 1 – **Eine Hexe für alle Gelegenheiten**

DAS GEISTERHAFTE GÄSTEHAUS (MIT TRIXIE SILVERTALE)

Sydney Coleman hat alles erreicht – und doch steht sie irgendwann vor dem Nichts. Gerade, als sie ihr neues Bed and Breakfast eröffnen will, stellt sich ihr ein Geistertrio auf Schritt und Tritt in den Weg. Die Geister bestehen darauf, dass sie den Mord an ihrer Herrin aufklärt, aber Sydney braucht dringend Geld. Wenn nicht bald ein paar zahlende Gäste eintreffen, ist ihre Spukvilla dem Untergang geweiht.

Viel Spaß mit Band 1 – *Mörderischer Mondschein*

VERBINDE DICH MIT MOLLY

Wenn du ebenfalls ein großer Fan von spannenden, schrägen Tierkrimis bist, sollten wir unbedingt Freunde werden.

Wie wäre es, wenn du direkt einmal meine Facebook-Seite besuchst, die ich speziell für meine treuen deutschen Leser eingerichtet habe? Hier der Link dazu:

Facebook.com/Katzengeheimnisse

Oder melde dich für meinen Newsletter an und sichere dir als Abonnent gratis ein digitales Geschenkpaket, einschließlich einer exklusiven Kurzgeschichte über Octocat:

Katzengeheimnisse.com/Abonnieren

www.ingramcontent.com/pod-product-compliance
Lightning Source LLC
Chambersburg PA
CBHW050320110726

47899CB00007B/2311